道後温泉　湯築屋❺

神様のお宿は旅立ちの季節です

田井ノエル

双葉文庫

神様のお宿は旅立ちの季節です

目次

contents

湯築九十九《ゆづきつくも》
道後の温泉旅館『湯築屋』の若女将。
稲荷神白夜命に仕える巫女で妻。
シロ
稲荷神白夜命《いなりのかみびゃくやのみこと》。
『湯築屋』のオーナー。
コマ
『湯築屋』の仲居。
狐だが変化が苦手。
道後温泉
5
湯築屋

夢．原初の神と白い羽

これが夢だということは、わかる。

何度も、何度も……同じ夢を見ている気がした。

水の中のように、おぼれている。息苦しいわけではないが、通常の呼吸とは異なっていた。

浮きあがろうともがいても、どんどん底へと引きずり込まれていく。目も開くことができない。周りが、どんな色の水なのかも、わからなかった。

まただ。

初めての体験のはずなのに……どうしてか、そう感じた。

わたし……何度も同じ夢を見た。

何故か確信している。

不思議な感覚だった。

『九十九《つくも》』

名前を呼ばれた。

この声を知っている。

九十九は答えを求めて、手を伸ばした。そして、この手がつかむものは、いつだって同じだ。

初めてなのに。

『九十九』

手がそれに触れた瞬間、両目が開く。

急激に景色が浮かびあがり、視界が開けていった。

九十九がおぼれていたはずの大量の水は、どこにもない。そもそも、あれは水だったのだろうか……。

木々の鬱蒼とした不気味さだけが、ここにはある。

頭上からは、青白いまんまるの月がこちらを見おろしていた。夜空のランプみたいだ。ほんのり温かくて、美しくて……心にしみる。そんな月だった。

九十九の手には、白い羽根。

シロからもらった羽根であった。

さっきまで、こんなものを持っていた感覚はなかったのに……これに触れた途端、視界が晴れたのだ。

大きな岩が見える。九十九は引き寄せられるように、そちらへ歩いた。

一歩、二歩と、足を前に出す。本当に土の上を歩いているような感覚だった。妙なところで夢とは思えない。

空気が澄み、神聖な雰囲気がする。

肌をなでるそよ風や、自分の息づかいまですべてリアルだった。

「…………」

積み重なった岩場では、一羽の白鷺が羽を休めているのが見えた。

その白鷺に、九十九は声をかけようとする。

「また――」

しかし、九十九は思わず口元を押さえる。

なんと言えばいいのか、わからなかった……そうではない。自分の発しようとした言葉そのものに戸惑ったのである。

何故だか九十九は、白鷺に「またお会いしましたね」と言おうとしたのだ。初対面のはずなのに。おかしな話だ。

ゆえに、つい口ごもってしまった。

白鷺は神使《しんし》と伝えられている。

けれども、目の前にいる白鷺は神使などではない。使い魔の類とも違う。

神そのものだと確信した。

『また会ったな』

白鷺は嘴《くちばし》を開く。

だが、声は耳ではなく、九十九の頭に直接届いた。テレパシーのようなもので、ずっと聞いていると頭痛がしそうだ。

「……はい」

初めて会ったはずだ。しかし、どうしても、そうは思えなかった。九十九は戸惑いながら、白鷺の声に応じる形で返す。

「あなたは……誰なんですか？」

『思い出せ』

「そんなこと――」

九十九は白鷺のことなど知らない。

知らないのだ――いや、思い出せない？　そんなもやもやが頭に引っかかった。知らないと断言できない。

九十九は知っているはずだ。

それなのに、忘れている。

『我《わし》は、最初にして、最後の神。原初《はじまり》の世に出《い》でて、世の終焉《おわり》を見送る者』

ああ。

そうだ。

九十九は知っている。

この説明を聞いたことがあるのだろう。

「別天津神《ことあまつかみ》」

導き出された答えを述べる。

湯築屋《ゆづきや》には、様々な神様がお客様として訪れていた。ことに、日本神話の神々の来訪が多い。けれども、九十九の記憶する限り、いや、湯築屋の記録にも、別天津神のお客様はいなかった。

原初の神々。

日本神話に語られる最初の神だと伝わっている。天地開闢《てんちかいびゃく》、いわゆる天地創造の際に姿を現した神様だ。

天之御中主神《あめのみなかぬしのかみ》が最初に現れ、続いて高御産巣日神《たかみむすひのかみ》、神産巣日神《かみむすひのかみ》の二柱。これらをまとめて造化の三柱と呼ぶ。次いで、宇摩志阿斯訶備比古遅神《うましあしかびひこぢのかみ》、天之常立神《あめのとこたちのかみ》の二柱が生まれた。

この五柱を総称したのが、別天津神である。

別天津神は日本神話に現れた最初の神々だが、性別を持たない独神《ひとりがみ》である。子孫を残さず、それ以降はお隠れになり、彼らに触れる記述はほとんどない。だが、根本的な影響力を持つとされる。最初に現れた天之御中主神のことを、日本神話の至高神として祀《まつ》る神社もあった。

神様には役割がある。

それが八百万《やおよろず》の神の思想だ。

けれども、別天津神は性質が違う。

神話に姿を現さず、なにも語られていない。

湯築屋にも来ないため、九十九にはイメージしにくい神様たちであった。

しかし、天照大神《あまてらすおおみかみ》や須佐之男命《すさのおのみこと》の言葉を思い出す。

彼らは別天津神を、自分たちとわけていた。天津神や国津神とは異なるものとして語り、そして、敬っている。

そうすると、いろいろな言動にも納得がいくのだ。

「あなたは、別天津神なんですか？」

『それは、其方《そなた》に人間か問うのと同じことよの』

謎かけのような問いだ。微妙に論点がずらされている。

「じゃあ……そうなんですね」

『こだわる理由がわからぬ。其《そ》れは重要か？』

「重要です」

試されている気がした。

問いの一つひとつで、九十九の反応を見ている。お客様の神様と対話するときよりも、緊張した。言葉にならない圧のようなものを感じる。

「わたしは、あの方が知りたいんです」

待っていると約束した。

けれども、それだけでは理解できない。

与えられるのを待っているだけでは駄目なのだ。

いや、九十九は理解しはじめている。

あの方——シロの本質について、九十九は気づきはじめていた。

「たぶん……待ってるだけじゃ駄目なんです……知ってそれで終わりじゃないと思うんです」

そんな気がする。

それだけでは足りないのだ。

「あなたは、シロ様を……どうしたいんですか？」

白鷺には表情がない。

読めない、というのが正解だろう。

だが、九十九には……その白鷺が笑ったような気がした。

『どうしたい——その問いは間違っておる。我は見送る者。どう在るかを決めるのは、我ではないからの。気まぐれなのは、否めぬが』

わからない。

九十九は再び問おうとする。けれども、唇ばかりが動いて、なにも声が発せられなかった。

急に、視界がかすむ。

なんとなく、頭がぼんやりと。だが、冴えてくる。

「時間だね」

今度は、うしろから声がした。

頭上の月のように、白い着物が存在感を放っている。しなやかで長い黒髪が肩に落ちている様が、どこか艶やかだ。少女のようにも、大人の女性のようにも見える。

不思議な人だった。

初対面なのに、そうは思えない。

「またおいで」

女の人が手をふった。おそらく、見送ってくれているのだろう。ここで「お別れ」なのだと察した。

もう夢が終わるのだ。

九十九は最後に問おうと、口を開けた。しかし、まるで水の中でもがくように、言葉が泡になって消えていく。

あなたの名前は？

「………」

女の人が、少しだけ目を見開いた。

そして、笑みを描く。

「月子《つきこ》」

その声の響きは、まるで楽器のように。

心地よい耳当たりで、すうっと九十九の中に落ちていく。

もうしばらく、この声を聞いていたい。

そう思えた。

問．神様の注文と加護

1

はっ。と、意識をとり戻す。

今、九十九は夢を見ていたと思う。だが、そういう自覚はあるのに内容については、まったく思い出せなかった。

額から垂れる大粒の汗が、腕の下に敷き込んでいたプリントに落ちる。自分で書いたシャープペンシルの文字が、ぼやっと滲《にじ》んだ。

九十九は現状を確認しようと、辺りを見回し――。

「ひっ……！」

すぐそこに立っていたのは、日本史の先生だった。右手に教科書を持ち、左手は腰に当てている。

顔は笑っているように見えるが、笑っていない。これは、笑っているとは呼べないと思う。

九十九には、次に発せられる言葉が、容易に想像できた。

「湯築《ゆづき》」

「は、はい……」

頭の上に、コンッと教科書をのせられた。

叩かれているわけではないので、体罰ではない。だが、只ならぬ圧力を感じた。教科書が想像以上に重い気がする。

「最近、居眠りが過ぎるぞ」

「う……はい。申し訳ありませんでした……」

つい、かしこまった口調になってしまう。

九十九は湯築屋の若女将《わかおかみ》である。しかし、その前に学生だ。学生の本分である勉強を疎かにすまいと、旅館の業務にも余裕を作るようにした。居眠りはしばらく改善していたはずだが……。

いつの間にか、眠っていた。もう反省で押しつぶされそうだった。

「成績も悪くないし……湯築は根を詰めすぎなんだよな」

「は、はあ……はい、すみません。気をつけます」

そう言って、この場では九十九にお咎《とが》めがなかった。先生は、再び教科書を読みあげながら教室を歩く。今日は、受験前の総まとめだ。周りに眠っている生徒などいなかった。

九十九は姿勢を正して、教科書に目を落とす。

そのころには、自分がどんな夢を見ていたか。という些事《さじ》は、気にならなくなっていた。


放課後。

「ゆづ。最近、また授業中寝るようになったんやねぇ」

「う……」

と、軽く発せられた京《みやこ》の言葉に、九十九は背中を丸めて身体を小さくするしかなかった。

「まあ、京ちゃん……九十九ちゃんだって、大変なんだから」

フォローのつもりなのだろう。小夜子《さよこ》が笑って誤魔化した。

「うちが大変じゃないみたいな言い方は聞き捨てならんのやけどぉ？」

「そうじゃないって……」

「冗談やけん」

京は肩を竦《すく》めて、ジンジャーエールのストローに口をつけた。

開放的な吹き抜けになっているカフェの二階席。そこに、九十九、京、小夜子、将崇《まさたか》の四名が、勉強道具を広げて陣取っていた。

周囲には学生がたくさんいる。みんな九十九たちと似たような境遇だろう。受験生が多い。

様々な学校の制服が見え、ここを根城にする学生は多いことがうかがえた。受験前のせいか、なおのことだ。

大街道《おおかいどう》沿いという立地のため、「友達と勉強会」をするには、ちょうどいいスポットとなっている。近隣の学校の生徒にも、定番なのかもしれない。

「旅館のバイト、大変なん？」

「ううん……今、かなり減らしてもらってる……」

「じゃあ、なんで？」

湯築屋の仕事は本当に減らしている。それは間違いない。従業員には迷惑をかけるが、そこは理解してもらっているはずだ。

「ゆづ。参考までに聞くけど、いつも何時に寝よるん？」

「……だいたい二時かな」

「それやんけ」

九十九の返答を聞いて、京が頭を抱えた。小夜子も驚いた顔で、九十九を見ている。

「はあ？　お前、馬鹿じゃないのか？」

ここで、今まで黙々と集中して勉強していた将崇も顔をあげた。眉を寄せ、少々怒っているようだ。

「お前は人間なんだぞ。無理すると早死にするって、爺様《じじさま》が言ってた」

将崇は人間に化けた狸だ。正体を知らない京に悟られないギリギリの言い回しで、九十九を諌《いさ》める。

九十九はそれを聞きながら、視線を泳がせた。

「でも……不安で」

手元に目をやると、解きかけの問題集がある。ページは、まだ半分も残っていた。これを受験日までに終えると決めたのだ。それには、夜中の勉強は必須であった。

「九十九ちゃん、それ、前と違う本使ってる？」

小夜子の指摘に、九十九はうなずいた。

「この前までやってたのは、センター試験対策で……こっちは、前期試験対策。家に帰ったら、赤本もあるかな。学校の問題集と、先生のくれたプリントも毎日見直してるよ。全部、通り三回やらないと……」

「それ、各科目やりよるん？」

「もちろん」

「ゆづ。県外の有名大学でも受ける気なん？」

この程度の勉強では、たいそうな大学など受からないと思うのだが……九十九の勉強量を聞いて、京が目を見張っている。そして、自分のカバンから問題集を取り出す。

「うちは、これで充分。赤本も見てるけど本番になったら、なんとかなるもんよ。今更、ガッツリ勉強しても仕方ないし、あとは知識の確認って時期やない？」

京が見せてくれた問題集は、ずいぶんと薄かった。

各科目分あるようだが、それでも九十九の半分の厚さに満たない。代わりに、何度もくり返して解いたのか、あまり綺麗ではなかった。

九十九と京は同じ志望校なのに……。

京は昔から要領がいい。手を抜く場所を心得ているのか、サボっているように見えて、要点はしっかりとつかんでいた。あまり勉強しているようには見えないのに、赤点や補習になったことがない。

「私は……これかな。科目の勉強も大事だけど、小論文の比率も高くって」

小夜子の志望校は専門学校だ。人の役に立つ職業に就きたいと、看護師の学校を志望している。

九十九たちとは科目の比率が微妙に異なるので、勉強の方法は当然違う。

「まあ、勉強しないと落ち着かないのは、俺だってよくわかるからな……！」

先ほどは責めていた将崇も、言いすぎた自覚があったのか。ため息をつきながらも、態度が丸くなった。

彼はポケットから、スマホを取り出す。

九十九たちと選んで買った本物のスマホである。松山《まつやま》へ来た当初は葉っぱのお札や持ち物を使っていたが、それでは人間社会のルールに反すると気づいたのだ。今は湯築屋の手伝いで稼いだお金で買い物をきちんとしている。

「俺も、これくらいやったからな！」

画面に映っていたのは写真だ。おそらく、彼の「爺様」にでも近況報告として送ったのだろう。

山のような参考書と問題集だった。九十九では、何年もかけねば解き切れないほどの量である。人間業ではない。否、狸業だ。

「将崇君、すごい！」

小夜子が感嘆の声をあげていた。たしかに、これはすごい。

「そ、そんなにすごくなんかないんだぞ！　俺には、目標があるからな！」

「そういや、ケイブって志望校どこなん？　いっつも黙って勉強しよるけど」

「ケイブじゃない！　俺は刑部《おさかべ》だ！　志望校は……か、軽々しく言えるか！　調理師免許なんて、とらないんだからな！」

「言ってるぅ！　めっちゃ自分で言いよるしぃ！　てゆーか、調理師って専門学校なん？　そんなに勉強するん？　ゆづのこと言えんかろ？」

「う、うう、う、うるさいぞ！　人間の受験勉強なんて、初めてなんだからな！」

「高校受験は？」

「ああ……えっと、大学受験、いいや、専門学校受験の話だ！　そんなもんも察せないのか！」

「ふうん……まあ、わざとやし」

将崇と京がいつもみたいに言いあっている。喧嘩しているわけではないので、ながめている分には、微笑ましい。

京は九十九と同じ志望校だが、要領よく勉強している。小夜子と将崇も、夢に向かって……九十九は、まだ足らない。

いくら勉強しても、安心できなかった。

常に言い知れない焦燥感に駆られて、追い立てられている気がする。

落ち着かないのだ。

一日のノルマを設定しても、まだ足りていない気持ちになる。問題集を一冊解き終え、それを三回くり返しても不安が残る。

三周目なのに間違えるなんて……もしも、この問題集にはない出題がされたら、どうしよう……。

そう思うと、とても早々に勉強を終えて眠ろうとは思えないのだ。

九十九が受験を決めたのは高校二年の終わりである。

世の受験は、二年の夏からはじまっていると言われるらしい。いや、もっと早い。それまで受験勉強を意識していなかった九十九は出遅れているのだ。湯築屋の仕事もあり、他の学生よりずっと勉強時間も少なかった。

遅れをとり戻さなければならないのに。

2

「九十九ちゃん……大丈夫？」

勉強会を終え、路面電車を待つ時間。

小夜子が心配そうに九十九をのぞき込んだ。

九十九はなんとか誤魔化そうと、笑顔を繕《つくろ》った。

「大丈夫！」

けれども、小夜子の表情は改まらなかった。むしろ、余計に心配させている。

「九十九ちゃん、ちょっとお詣《まい》りしていかない？」

「お詣り？」

「そう！　お詣り！　そんなに心配なら、神様に頼んでみようよ」

「え？」

小夜子がこくりとうなずいた。そして、路面電車を待つ京と将崇に「ちょっと、寄り道

する ね！」と声をかける。

「行こう、九十九ちゃん」

「え、ええ？」

小夜子は強引に九十九の手を引いて歩いた。

ちょうど、信号は青になったところである。

「み、京、将崇君！　また明日ね！」

九十九は慌てて二人に別れを告げ、小夜子についていく。

路面電車の駅は道の真ん中だ。駅と言っても、コンクリートの島があり、道路より一段高くなっている程度の作りだ。そこに屋根がつき、時刻表や簡易ベンチがある。

車と電車が同じ道路を併走し、交通ルールに従っていた。駅から歩道に戻るときは、交通事故に注意しなければならない。

青信号で交差点を渡った先は、ロープウェー街である。

緩やかな坂道が続いており、左右には商店が並んでいた。小説『坂の上の雲』を意識した街作りが行われた観光区画で、道路もレトロモダンな色合いに舗装されている。街灯や案内板も独特の雰囲気だった。

坂道を登っていくと、松山城へ登るロープウェーが見える。その脇から、城山《しろやま》への登山道が延びていた。

「ねえ、小夜子ちゃん……神様って？」

九十九の問いかけに小夜子は眼鏡の下で、にこりと笑った。接客の笑顔とは違う、もっとやわらかで親しげな表情だ。

「私、九十九ちゃんは絶対大丈夫だと思うんだよ」

「そんなこと……」

「あるよ。だから、自信つけるために神様に会おう」

「神様に会う？」

「あ、ううん……おねがいしてみようってこと！」

小夜子は松山城への登山道の入り口を示した。

ここを登れば、松山城へ至る。

だが、その途中には、東雲《しののめ》神社の境内があるのだ。

東雲神社は豊受大神《とようけのおおかみ》や天穂日命《あめのほひのみこと》など、複数の神を祭神としている。松山城の敷地内という立地のため、松山藩の藩祖《はんそ》を祀った神社であった。

そして、その一柱に名を連ねる神の名前に行き当たり、九十九は小夜子の意図を理解した。

菅原道真《すがわらのみちざね》。

学問の神様だ。

「湯築屋に来たお客様やシロ様には、九十九ちゃん頼みにくいんでしょ?」

「う、うん……ありがとう」

見抜かれていた。

やはり、普段から接しているシロや、湯築屋のお客様に甘えるのは気が引ける。

それは、彼らのことを神様でありながら、あくまで個々の存在と認識しているから。九十九も一人の人間として神様に接しようというポリシーによるものだった。

だから、特別な理由がない限り、ねがいを聞いてもらうのは反則だと思っている。湯築屋にいる九十九は若女将なのだ。プライベートなおねがいなど持ち込みたくはない。

シロに甘えすぎるのもよくないと感じている。シロは九十九に頼ってほしいのかもしれないが……。

小夜子が神社に連れてきたのは、そんな九十九をよく理解しての行動だろう。

本当は太宰府天満宮《だざいふてんまんぐう》などがいいのだが、祀られている事実には間違いない。

神様は自分が祀られていれば、どんな小さな神社や祠《ほこら》にだって訪れる。ねがいは必ず聞き届けられるのだ。

けれども、せっかくなら京や将崇も一緒にお詣りすればよかったのに。声をかけずに抜け出してきたのは、小夜子らしくない。九十九は少し引っかかった。

とっさに思いついたので、気がつかなかったのだろうか。

「道真様は、湯築屋にも来るの？」

神社への坂道を登りながら、小夜子が問う。

「うん。一回だけ見たことあるかな」

道真に会ったのは九十九が小学生のときだ。

湯築屋のお客様は、ほとんどが神様だ。「常連客」と言っても、しばらく顔を見なかったりする。

だが、彼らにとっては、たいていが「ついこの間の出来事」であった。人間とは時間の感覚が違う。

「道真様におねがいしてみたら、ちょっとは気分も楽になるよ。私も、一緒におねがいするね」

果たして、そうだろうか。

胸の奥に、ずっと黒い霧のようなものが漂っていて、気持ちが悪い。これが晴れるなんて、想像もできなかった。

「そういえば……九十九ちゃんって、シロ様と結婚式したの？」

「え⁉　なんで、今その話⁉」

「だって、別の話をしたほうが気も紛《まぎ》れるでしょ？」

「そうだけど！」

「ねえ、教えて」

「え、ええ、えええ……」

小夜子のふった話題が飛びすぎていて、九十九は過剰に反応してしまう。わざとらしく目を泳がせるが、誤魔化せる気がしない。

「結婚式は……したらしい、よ？」

自信がないのは、九十九が物心つく前に終わっていたからだ。正確には、結婚の儀である。

一般的な結婚式と呼ばれるものとは違う。

夫婦《めおと》となる二人が特別な御神酒《おみき》に口をつけ、誓約を交わすのだ。

ウェディングドレスを着たり、大々的な披露宴をしたり、そのような華やかさはない。

神前《しんぜん》で執り行う儀式なのだ。

それも、覚えていないくらい小さいときの話だ。九十九は、こんな儀式をしたのだと、あとから聞いただけである。

だから……正直、シロと結婚したという実感は九十九にはない。

そんな夫婦なので、ずっとシロへの想いにも気がつかなかった。今でも、夫婦という言葉は馴染んでいない。

「そっか。じゃあ、二回目する？」

「え？」

九十九は両目を瞬かせた。

たぶん、すごく変な顔をしている。小夜子の言葉を、どう受け止めたらいいのかわからなかった。

結婚式？

二回目？

そんなこと、考えた試しがなかった。

シロ様と……結婚式……。

白無垢《しろむく》で歩く自分と、シロの姿を思い浮かべてしまい、九十九は首を横にふる。すぐに和装が想起されたのは、普段の服装からか。

でも、やっぱり、チャペルでウェディングドレスのほうが憧れる……いやいやいやいや、そうじゃなくって！

「九十九ちゃんなら、和装も洋装も似合うと思うよ」

「さ、小夜子ちゃん！」

九十九の考えなど見通したように、小夜子がクスクス笑う。というか、どうしてバレたのだろう。九十九は頭を抱えた。

「九十九ちゃんは、わかりやすいから」

もある。

「そんなに？」

「うん」

小夜子は本当にときどき、こういうことをする。

困ってしまうが……友達として、仲よくしている証拠のように感じて、ちょっと嬉しくもある。

同時に、高校を卒業すると、学校がわかれてしまうのが寂しかった。小夜子は湯築屋のアルバイトを続けると言っているけれど……。

「神頼みなど、無為なことを」

東雲神社の境内に辿り着いた頃合い。

どこからか声がした。すぐに、九十九たちに話しかけているのだと気づき、辺りを見回す。

「あ……」

ふわりと、木の葉が舞い落ちるようだった。

九十九の目の前に、直衣《のうし》姿の男性がおりてくる。スローモーションみたいに、重力に逆らった動き——神様だった。

「近頃は、受験などという制度のせいで大して努力もしないまま神頼みに来る若者が増えているのだ。まったく……いったい、我らをなんだと思っているのかね。天才には理解しがたい……凡人がいくら足掻《あが》いたところで、天才には及ばぬというのに」

嘆息する神様には、見覚えがあった。

菅原道真である。

学問の神様として全国的に祀られている、平安時代の貴族であった。

漢詩など学問に精通するいわゆる天才だったが、政敵に敗れて九州の太宰府に左遷され、そこで死を迎える。死後、怨霊になったと畏《おそ》れられ、改めて天満天神として信仰されることとなった経緯を持つ。

彼が詠んだ「東風《こち》吹かば　匂ひをこせよ　梅の花　主なしとて　春な忘れそ」という歌は有名である。

道真が大切にしていた梅の花が京都から、九州まで飛来したという伝説まであった。梅紋は、道真と天満宮のシンボルとなっている。

「道真様……お久しぶりです！」

九十九が頭をさげると、道真は当然のように「うむ」とうなずく。

道真は木笏《もくしゃく》を持った右手で、神社の殿舎を示した。

「君も神頼みかね？」

「ま……まあ……」

道真の問いに、九十九は苦笑いで答える。道真はつまらなそうに、木笏をもてあそび、息をついた。

視線がやや冷ややかで、緊張してしまう。

「私は学生が嫌いだよ」

バッサリと斬られた気がした。

学問の神様にそんなことを言われるなんて……。

「今の若者の多くは惰性で勉学に向かっている。そこに意味があるとは、到底思えぬからね。まあ、平等でよい時代にはなったと思うが……しかし、励んだところで、この私に敵う天才など現れぬ」

現代には義務教育という制度がある。それを終えても、多くの学生は高校や大学に進学していた。

全員に勉強の機会がある。教養があり、誰だって学問に励む権利が与えられているのだ。

道真はそれを平等と評価する一方で、惰性とも言い切っている。

「無理やり勉強させられている。なんとなく、神社へ来て志望校に合格したいと、我らに神頼みする。そういう凡人にやれる加護はないのだよ」

「は、はい……おっしゃる……通りです」

耳が痛かった。

九十九は学者を志すわけではない。道真にとっては、たいそうな理由もなく、なんとなく大学へ進学しようとしていると言えるだろう。

「あの！　道真様！」

気落ちする九十九のうしろで、小夜子が声をあげた。

突然だったので、九十九はびっくりしてしまう。小夜子がこんな強めの語調になるのは珍しい。

道真のほうも驚いたようで、目を丸くしている。だが、すぐにコホンと咳払いした。

「嗚呼《ああ》、別にそなたの話ではないのだがね？　そう凡才を悲嘆しないでくれたまえ。世の中には君のような凡人であふれている。私が特別なのだ」

道真はそう言いながら、参道の端を示す。

「参拝かね。好きにしたまえ」

「あ、ありがとうございます……」

だが、どうしても九十九はにこりと笑うことができなかった。おそらく、暗い顔になっているだろう。小夜子の心配そうな表情が物語っている。

「お詣りさせていただきます……」

九十九はどんよりとした気持ちを引きずりながら、参道を進む。真ん中は神様の通り道なので、きちんと端を歩く。

「これ。待ちたまえよ」

不意に、道真が九十九を呼び止める。

「誰が素通りして構わないと言ったのだね」

「え？」

九十九が何気なくふり返ると、すぐそこに顔が迫っていた。

そんな気配など感じなかったのに。まるで、シロのようだ。

「⁉」

湯築屋ではないので油断していた。九十九は「ひぇえ！」と間抜けな声をあげながら、うしろへさがった。

そこで道真は初めて、自分の顔が近すぎたのを自覚したらしい。

「すまないね。つい、気になると前のめりになりがちなのだよ……神を前に素通りして参拝とは、どういうことかね」

「は……はいぃ！　で、でも、今道真様が参拝して構わないって……」

「行間を読みたまえよ。これだから、凡人は」

「ぎょ、行間……す、すみません！」

「謝ればよし」

驚いた勢いのまま会話をするので、声が裏返ってしまっている。

「私は滅多に加護を与えぬのだよ。凡人に与えたところで無意味だ」

「は、はあ……」

道真の発言意図が、九十九にはよくわからなかった。

「そなたは特別だよ」

木笏の先を向けられて、九十九は両目をパチクリと瞬かせた。

「私をもてなせ。満足すれば、そなたに合格を授けよう」

「え」

予想外だった。

先ほどと、言っていることが違う。

「湯築屋は久しいからね。楽しみだよ」

道真は勝手に腕組みして、笑顔である。

「え、え……？　道真様、それって？」

「そのままの意味だ。頼んだよ？」

「え？　え？　ええ？」

それって、いいんですか？

学問の神様の加護なんて、ずるい。

九十九の頭に、そんな言葉が浮かんだ。

だって、受験生はたくさんいる。九十九以上に勉強している学生が大勢いるのだ。それなのに、九十九だけ加護を与えられるのは……たしかに、九十九は神頼みに来た。けれども、それはあくまで気休めである。

神様は加護を安売りしない。

気まぐれに見えて、行動には理由が伴う。

湯築屋でくつろぎたいから、若女将の九十九に合格を授けるのは……あまりにも、神様たちの理にあわない。

「九十九ちゃん、よかったね！　がんばろう！」

小夜子が急に九十九の肩を叩いた。

え？　小夜子ちゃんまで？

満面の笑みで「がんばろう！」と言う小夜子を、九十九は直視できなかった。

それとも、九十九の感覚が変なのだろうか。小夜子や、他の受験生なら、素直に喜べるのだろうか。

「私は天才であり傲慢だからね。しっかり頼んだよ、若女将」

ああ、でも。

加護はともかく、道真は湯築屋に来る。

お客様なのだ。

だったら、おもてなしをしない理由がない。

「はい。おまかせください……！」

3

受験は、受験。

お仕事は、お仕事だ。

菅原道真というお客様を迎え、今日も湯築屋はいつも通りの営業をする。九十九も普段と同じく、お客様たちのご要望にお応えしていた。

「つーちゃん、大丈夫？」

「え？」

厨房へ行くと、料理長の幸一《こういち》が九十九の顔をのぞき込んできた。とても心配そうな表情である。

「なんだか、体調が悪そうだから」

「うーん……大したことないから大丈夫」

体調不良というほどでもない。寝不足だと思う。

ここのところあまりに眠い。授業中も眠ってしまった。ベッドで休んでも、熟眠した気がしないのだ。

内容は覚えていないが、毎晩のように夢も見る。なんとなく、もがく夢だという印象だけ残っているので、ストレスのせいかもしれない。

「つーちゃん、今日は休む？　センター試験だって、すぐでしょ。無理しないほうがいいよ」

父親らしく、優しい声で幸一が問う。

春風みたいに、そっと九十九を包んでくれるようだ。こんな顔をされると、つい甘えたくなってしまう。

「ありがとう、お父さん。でも、ちゃんとお仕事します」

「だけど……」

表情を曇らせる幸一に笑いかけながら、九十九はくるりと踵《きびす》を返した。ちょっと身体が重いけれど、大丈夫だ。

そのまま、厨房を出て客室へと向かう。

夕食前の時間帯なので、どのお客様もだいたいお戻りだった。温泉やテレビを楽しんでくつろいでいる。みんな湯築屋の夕餉《ゆうげ》を楽しみにしているのだ。

神様たちも、幸一が作る優しい料理が好きだった。

「嗚呼、若女将」

廊下を歩く九十九に声をかけたのは、道真だった。ひょいっと角から顔を出し、手招きしている。

「道真様、どうかされましたか？」

「ふむ。松山は久方ぶりだからね……失念していた。私が天才すぎて、そこに考えが至らなかったのだよ……今すぐ、やきもちが欲しい」

天才すぎて考えが至らなかったという発想は、一周回ってポジティブすぎる……というツッコミは、しないでおこう。

「やきもち……石手寺《いしてじ》のやきもち、ですか？」

「察しがよくて助かるよ。凡人にしてはよくできている」

「ど、どうも……」

有り体に言えば、焼いた餅である。

四国霊場《しこくれいじょう》五十一番札所《ふだしょ》である石手寺の前で、焼いた餅を売っているのだ。石手寺に奉納される米を有効活用するためにはじまった。石手寺に行くと、必ずと言ってもいいほど食べたくなってしまう。

九十九は時計を確認した。

「やきもち……もうすぐ閉まっちゃう！」

「そうなのだよ！」

道真は大げさに声をあげながら、頭を抱える。

「どうしても食べておきたいのに……！」

崩れるように膝をつくお客様を前に、九十九は狼狽《ろうばい》した。

どうしよう。

石手寺は道後《どうご》温泉に一番近い札所だ。自転車なら十分、いや、五分で行ける。

「おまかせください、道真様！」

九十九は、ふんっと気合いを入れる。

やるしかない。

踵を返してその場から立ち去る。そして、母屋の自室へと向かった。

急いで身支度をする。

着物では自転車を漕げない。手早く着物を脱ぎ捨て、ジャージに袖を通した。寒いので、ダウンジャケットも羽織る。

着替えると、再び玄関へと。

「あ、若女将っ！」

その途中で、子狐のコマが手をふった。ぴょこぴょこと跳ねて、存在をアピールしている。

「さっき、幸一様がお蜜柑《みかん》をくださったんですよ。一緒に食べましょうっ！」

コマは嬉しそうに橙《だいだい》色の果実を頭の上にのせていた。ポンカンのようだ。非常にいい色と大きさで、美味しそうである。

だが、今は構っている暇がない。一刻を争うのだ。

ごめん！　コマ！

「コマ、ちょっと行ってきます！　あとでね！」

「え？　はいっ！　がんばってください！」

おそらく、わけがわかっていないだろうが、応援された。

コマは頭にポンカンをのせたまま手をふってくれる。けれども、バランスを崩して、ぽとりという音とともに床に落としてしまっていた。

九十九はそのまま大急ぎで旅館の外に出て、自転車を出した。

「九十九」

九十九が跨がった自転車のカゴに、白い猫が飛び乗った。

湯築屋のオーナーであり、神様。稲荷神白夜命《いなりのかみびゃくやのみこと》――通称、シロ様。その使い魔である。

シロは湯築屋の結界を維持するため、外へ出られない。これは、外出用に使用する使い魔だった。

「なにも、無理をせずともよいと思うがな……」

シロの使い魔はカゴの中で嘆息した。呆れているような素振りだ。

「いいえ、お客様のご希望ですから……激チャ、すれば、間にあいます！」

言いながら、九十九は勢いよく自転車を漕ぎはじめた。

イメージするのは全速力の自分だ。自転車に大きなエンジンを積んで、ブルンブルンと音を轟《とどろ》かせている。そういう気分を自分で作りあげた。

そして、漕ぐ！

自転車を、漕ぐ！

筋肉痛？　知らない子ですね！

「激チャも方言らしいと、天照が言っておったぞ」

「知ってます！　黙っててください！　息苦しいんです！」

激チャとは、自転車《チャリ》を激しく漕ぎまくる行為。つまりは、自転車で急ぐことである。

愛媛《えひめ》県内なら、たいてい通じる。その他でも、使用される都道府県はあるらしい。どちらかというと、方言よりも、地域限定の略語や新語の類だ。

激チャすれば、なんとかなる。これは魔法の合い言葉だ。やればできる。某高校の校訓ではないが、そういう心意気で敢行するものだ。もちろん、交通ルールには従う。

緩やかな上り坂の道を自転車で急ぐ。道後から石手寺は、一本道だ。迷うことなく辿り着ける。

昔は、よく石手寺のやきもちを買いに行ったなぁ……。

「はあ……はあ……」

石手寺が見えた。

激チャはこたえる。しかも、緩いが傾斜がついているのだ……すっかりと息が切れてしまった。九十九はヘロヘロになりそうな身体を両足で支えて、自転車からおりる。

石手寺は四国霊場五十一番札所だ。

八十八ある四国遍路《へんろ》の寺院の一つである。連日、参拝者やお遍路さんでにぎわう、弘法《こうぼう》大師《だいし》ゆかりの寺だった。日本編ミシュランガイド観光地の一つ星も獲得している。

本尊へ続く参道を入ってすぐ右側に、「やきもち」の文字を発見した。小屋のようなたたずまいの店に向かって、九十九は走る。

よかった。まだ開いている。間にあったのだ。

「やきもち、ください！　十個入り！」

今の九十九はものすごい形相だと思う。激チャのあとなので、仕方がない。激チャとは、そういうものだ。すべてを捨てる覚悟がなければ漕げない。

「はい、ありがとうねぇ」

だが、九十九の様子を見ても、お店の女性はにこやかに答えてくれた。和む。

「七百円ね」

一個七十円。十個入りで七百円。非常に良心的なお値段である。

パックに入った温かいやきもちを、冷めないうちに道真へ持って帰らなければ……九十九は再び自転車に跨がり、湯築屋を目指した。

行きは上りだったが、帰りは下り坂だ。とはいえ、激チャ後の体力では、その道のりは途方もなく遠く感じる。

「仕方なかろう」

シロの使い魔が一声あげた。途端に、九十九の足が軽くなった。自転車のペダルがすいすい回り、楽に走れる。

「電動アシスト付自転車……否、神気アシスト付自転車である」

「なんでもいいけど、ありがとうございます！」

「もっと褒めよ」

「本当に助かります！　……できれば、行きでも手伝ってほしかったです」

「……九十九が凄まじい形相であったからな。すっかり忘れておった……」

「……わたし、そんなにすごい顔だったんですか……？」

「我が妻は、どのような顔のときも美しい。気にするな」

「き、気にします……」

なんだかんだとシロの助けもあり、九十九はいいタイムで湯築屋へ帰りついた。門の暖《の》簾《れん》を潜って結界内に入ると、猫の使い魔は消えてしまう。

「まったく……」

代わりに、玄関でため息をついていたのは、藤色の着流しをまとった青年だった。濃紫《こむらさき》の羽織に落ちる白髪が、絹束のようで美しい。頭の上には、白い狐の耳がのっていて、背後にはもふりとした尻尾が見える。

湯築屋のオーナーであり、神様。稲荷神白夜命だ。

「一生懸命なのは九十九の美徳の一つだが……儂《わし》に声をかけて助力を乞うてもよいではないか……いや、それよりも勝手にこのような……」

どうして、ため息をついているのだろうか……心なしか、シロは拗《す》ねている気がする。ブツブツと文句を言いながら腕組みをしている。

「すみません。どうせ、見張っていると思っていたので」

実際、宿を出るときは、シロの使い魔が勝手についてきて手助けをしてくれた。けれども、それではシロの気が済まないのだと思う。

「見張りなどと人聞き、否、神聞きが悪いではないか。儂は九十九を見守っておるのだ。もっと儂を頼るのだ。甘えるがいい！　……まあ、それは九十九だけに言える話でもないのだがな」

そんなことを言いながら、シロは大げさに両手を広げた。

シロにとって、九十九は庇護《ひご》すべき対象だ。頼られて、甘えられて当然。以前にもそう伝えられた記憶がよみがえる。

結果的に助けてもらったが、シロは九十九から「頼られたかった」のだ。

「仕事中に、なに言ってるんですか」

シロの意図はわかっているものの、九十九はつい冷めた目を向けた。今は仕事中である。一刻も早く、道真にやきもちを届けなくてはならないのだ。

九十九はスタスタとシロの横を通過した。

「儂は九十九のために……」

「だったら、夕餉の配膳でも手伝ってください。神様の手も借りたいくらい忙しいんですから」

「それとこれとは、別というものだ」

「なにが違うんですか」

おおむね、いつも通りの会話をしながら、九十九は廊下を進む。だが、不意に自分がジャージとダウンジャケットという格好のままだと気がつく。

「あ……」

着替えなきゃ。そう思った瞬間に、ふわっと風のようなものが通り過ぎた。

瞬く間に、九十九の着衣が変化している。

味気ない紺色の上下は、鮮やかな菊模様をあしらった緑色の着物に変じていた。手で触れると、乱れた髪も整っている。窓ガラスに紅白の菊を模した簪《かんざし》が見えた。シロが神気を使ってくれたのだ。

「ふふん」

ふり返ると、案の定、シロがドヤ顔で腕組みしている。鼻など鳴らして「得意げな様」を体現したような表情であった。

単純に腹が立つ仕草だ。手助けしてくれるのは嬉しいが、もう少しスマートにできないものか。顔がとてもいいのに、要所要所で、わざわざ自分で「残念」になっている気がしてならない。

「ありがとうございます」

それでも、礼は言わねばならない。九十九はできるだけ「サラッ」と、「適当」に流して、すたすたと道真の待つ客室へ向かった。

シロは「え？　それだけ？」と言いたげに、「九十九、儂、ナイスであったろう？　もっと褒めぬのか？　のう、九十九？」と、まとわりついてくる。

けれども、こういうときのタイミングは実に絶妙なものだ。

「嗚呼、若女将。買ってきてくれたのだね？」

廊下の向こうから、機を見計らっていたかのように道真がやってきた。九十九はこれ幸いと、まとわりつくシロを押し退《の》けて前に出る。

「やきもち、間にあいました！」

九十九は十個入りパックが入ったやきもちの袋を道真に差し出した。道真は嬉しそうな顔で、それを受けとる。

廊下に立ったままだが、よほど食べたかったのだろう。道真はその場で袋を探り、中のパックを取り出した。

白と緑の餅が交互に詰められている。緑色はヨモギの色だ。

「ふむ。これだね。間違いないよ、若女将」

道真は言いながら、ヨモギの餅を口に含む。

「まだ温かいね。早めに持って帰ってくれて、ありがとう」

「どういたしまし……て？」

お礼を言いながら、道真が手を差し出すので、九十九は反射的に、それを受けとった。掌が温かい。

「えっと……」

やきもちを一つわけてくれたのだ。

道真は「お食べ」と言いたげに微笑んでいる。

お客様のために買ってきた品だ。自分で食べるのは憚《はばか》られるが……他ならぬお客様からの贈り物だった。

「ありがとうございます」

「苦労してくれたのだろう？」

労《ねぎら》いの言葉だった。努力が報われた気がして、心に灯りがともる。

「いただきます」

九十九はお言葉に甘えて、白い餅にかぶりついた。

表面にはほどよい焦げ目がついている。あんこ入りの餅を鉄板の上で、印《いん》を押しつけながら焼くからである。薄らと、「五一」という文字が見えるのは、石手寺が四国霊場五十一番札所だからだ。

プレスされて平べったい餅を口に含むと、甘いこしあんの味が広がる。シンプルな甘さだが、疲れた身体を癒やすには充分であった。

噛めば噛むほど、もちもちとした食感だけではなく、米粉本来の甘みも感じられる。

久しぶりに食べた。

美味しい。

「夕餉も楽しみにしているよ」

「はい！」

道真はくるりと自分の部屋へと戻っていく。九十九はていねいに頭をさげて、それを見送った。

「うむ……やはり、久々に食べると格別に美味い」

頭をさげていた九十九の隣で、シロがうなずいていた。よく見ると、ヨモギのやきもちを食べている。

九十九は口を曲げて、ムッとした表情を作った。

「もう、シロ様。それお客様のですよね！　勝手にとって！」

「儂も協力したのだ。当然の報酬だろうよ。道真も怒っておらんかったぞ」

「そうかもしれませんけど、お行儀がよくないです。一言、道真様に言ってから食べてくださいよ」

「礼節など、人間たちが勝手に作った枷《かせ》のようなものであろうに」

シロは残り一口のやきもちを口へ放り込み、腕組みした。

「そうかもしれませんが、神様同士だって一応、礼節を持ってるような気がしますよ……」

神様同士で頭をさげ、敬語で改まる場面を目にする機会は多い——そうだ。湯築屋に来る神様は、みんなシロに礼節をとっている。お辞儀をしなくとも、言葉や態度で謙《へりくだ》っている様を表する神様は多かった。

シロは神様であり、この宿のオーナーだ。結界の中ではシロが絶対であり、何者も彼を害することはできない。

他のお客様と同じでありながら、違うのだと感じる瞬間がある。
——あなたは、別天津神なんですか？
え？
身に覚えのないセリフが頭に浮かびあがった。
どうして、その言葉が浮かんだのか、わからない。過去に九十九が言った覚えはない。
もちろん、誰かに言われた記憶もなかった。
何故、今このセリフが浮かんできたのだろう。
九十九には、わからなかった。

4

なんとか、忙しい夕餉の時間も乗り切って一息つく。
ふと窓の外を見ると、やはりそこには、いつもの湯築屋があった。静かに、冷たくない雪が降り積もっている。しかし、空に雲はなく……藍色の、夜空とも夕方とも言えぬ空が広がっていた。

湯築屋の庭の向こうには、この空と同じ空間が続いている。

小さいころにそう聞いて、九十九は興味本位でその先へ歩いたことがあった。なにもない空間がずっとどこまでもどこまでも。

虚無だ。

右も左も、上も下もわからなくなってしまう。なにも見えず、なにも聞こえず、ただただ寂しい世界だった。

湯築屋に帰れなくなるのが恐ろしくて、いくらかも歩かないうちに帰ってきてしまったのを覚えている。湯築屋が見えなくなったら、もう戻ってこられない気がしたのだ。

「つーちゃん、おつかれさま」

ぼんやりしながら厨房に入った九十九の前に、幸一がお皿を置いてくれる。幸一のまかないは、いつも九十九の癒やしだ。

「ありがとう、お父さん」

鯛めしだった。

実は愛媛県には、二種類の鯛めしがある。

宇和島《うわじま》風鯛めしはアツアツのご飯に、タレと生卵をとき、鯛の刺身をあわせて食べる。高級な卵かけご飯のような鯛めしだ。常連客となったゼウスが好きで、毎回、これを頼んでいる。

もう一つは松山風、もしくは北条《ほうじょう》鯛めしと呼ばれるものだ。

一見、普通の炊き込みご飯だが、工夫がある。

鯛のアラと昆布から出汁をとり、分厚い切り身と一緒に炊きあげるのだ。米の一粒一粒まで、よりいっそう鯛の旨味を感じられる。まさに鯛を存分に楽しめる逸品だ。

今日は、後者だった。

湯築屋では、鯛一匹を丸々焼き魚にして、土鍋で炊いてお客様に提供する。宇和島風もいいが、こちらも鯛一匹のインパクトとボリュームが目を引いて、大変好評なのだ。

お吸い物と、煮物もつけてある。

「鯛めしっ！　鯛めしっ！」

コマもぴょこぴょことした動きで、九十九の隣に座る。同時に、ぐぅぅうと、身体に似合わない大きな音が響く。

九十九ではない。

「う……」

コマが恥ずかしそうに、自分のお腹を押さえる。

「なんか、お客様にお膳をお出ししていると、お腹が空きませんか？」

コマは頬をちょっと赤くしながら、「えへへ」と笑う。

「うん、わかるよ。鯛めし、食べたくなっちゃったよね」

お料理をお出ししているうちに、自分も食べたくなってしまう。

コマの気持ちは、九十九にも痛いほどわかった。とても共感する。そして、お腹が空いていた。

「でも、ウチ……最近、太ったんですよ……」

コマは両手で顔を押さえた。

言われてみれば、以前よりは丸い気がするが……九十九には、誤差のように思える。だが、女の子は、その誤差でも気になる生き物だというのも承知していた。

コマの場合は少し丸いくらいのほうが可愛いのだが、本人が気にしているので言わなくていいだろう。

「師匠が持ってきてくれるお料理が、美味しくって……」

コマは化け狐だが、変化《へんげ》が苦手だ。化け狸の将崇に弟子入りしている。

二人はとても仲がよくて、たまに外へ遊びに行ったりするらしい。観覧車に乗った話も聞いたし、道後公園を散歩したこともあった。

おかげで、コマは以前よりも上手く変化できるようになっている。目標は、将崇と一緒に人間の姿で長時間お出かけすることだった。

「将崇君のご飯、美味しいよね」

「はい……いいえ、幸一様のお料理も、すっごく美味しいんですよっ！」

コマは嬉しそうにうなずきながら、身体を左右に揺らした。将崇の話をするとき、照れているようにも見える。

「将崇君は、とっても筋がいいからね。いい料理人になれると思うよ」

コマの言葉を肯定するように、幸一も笑ってくれた。

ここのところ、将崇は幸一に料理を習っている。その料理が美味しいことは、九十九も知っていた。

「将崇君、調理師免許取るらしいよ。専門学校受験するんだってさ」

「うん」

九十九の何気ない言葉に、幸一がうなずいた。

「お父さん、聞いてたの？」

「もちろん。人間も来られる飲食店を開くには、どうすればいいのか聞かれたからね」

なるほど。幸一の知恵ということか。

しかし……将崇が飲食店を開きたいとは。それも、人間の来られる飲食店である……厨房に立つ将崇の姿を思い浮かべて、九十九はクスリと笑った。きっと、楽しくて温かいお店になるだろう。

将崇にとって、幸一の影響は大きいのだと思う。あんなに勉強するくらい熱心なのだ。きっと、意志は固い。

「あ……」

「どうしたの、コマ？」

将崇のお店の話を聞いて、急にコマが固まった。動きがぎこちなくなり、なにかあるというのが、とてもわかりやすい。

「いえ。お店……師匠が、お店ですか……それで、あんなことを……」

「あんなこと？」

「う、うう……よくわからないんですぅ……最近、ずっと『俺の店に来い！』って……なんのことか、わからなかったんですが」

つまり、将来の話だ。

すぐに結論づけて、九十九は微笑ましくなった。話し方が不器用すぎる将崇らしいとも言える。

「ヘッドハンティングかな？」

「へ、へっどはんてぃんぐ？」

「コマが気に入ったから、お店においでって言ってるんだよ」

「え……そんな、ウチなんか……まだ変化も上手くできないのに……」

コマは困ったように頭を抱えてしまった。嬉しいが、どうすればいいのかわからないのだろう。

「誘ってもらえて、よかったね」

ついコマの頭をなでてしまう。

コマは、ぽやっとした顔をしていたが、やがて、両頬を朱に染める。

「はい。嬉しいです。変化……上手にならないとっ！」

「そうだね、がんばって」

「はいっ！」

さて。手早くまかないを食べよう。せっかくの鯛めしが冷めてしまう。いや、冷めた鯛めしに出汁を注ぐのも、とても美味しいのだけれど。

「いただきま――」

やっとのことで食べられるまかない飯である。九十九は美味しく食べようと、手をあわせた――。

「失礼」

さあ、食べよう。

その空気を破ったのは、うしろからの声だった。

「道真様？」

厨房をのぞき込むように顔を出していたのは、菅原道真だった。

幸一が対応しようとするが、九十九はそれを制する。ここは、自分が行くべきだと感じたからだ。

「どうされましたか？」

「いやはや、また私は天才なのに失念していたのだよ」

道真は申し訳なさそうに眉をさげた。

お客様なので、「天才なのに失念が多いですね」とは言わない。

なんだか……言動がわざとらしいような。いや、お客様に限ってそんなはずはない。九十九は疑念を振り払った。

「湯船につかりたいのだがね」

浴場の場所がわからないのだろうか。それなら、ご案内すれば問題ない。そう思ったが、どうも具合が違うらしい。

「道後《ここ》の湯は、神気も存分に含んでいるし、湯質もよい。だがね……」

「は、はい」

道真が真剣な表情と声音を作るので、つられるように、九十九も息を呑んだ。

「もう少しだけ、興《きょう》がほしいのだよ」

「興……？」

「楽しみのある入浴に興じたいのだ」

言葉が頭に入ってこなかった。

楽しみのある……？

「そう。それだね。凡人にもわかるように説明するのはむずかしい。君は賢いな！　いやはや、君も知っている通り、この時期になると私は忙しい。趣味の詩も詠めぬくらいに……最近は、あれが好きでね。川柳《せんりゅう》かね。詠み人知らず《匿名》で、賞に応募するのが楽しくてだな――それは、どうでもいい。とにかく、心に余裕が欲しいのだよ」

学問の神様が匿名で川柳コンテストを荒らしていると思うと、ものすごくシュールだ。どんな川柳を詠むのだろう。興味はあったが、今は別のことを考えなければ。

「遊び心……」

九十九は首を傾《かし》げながら、とりあえず厨房に視線を移す。コマが頭を抱えて「うーん……うーん……」と一緒に考えてくれていた。幸一も、作業の手を止めている。

「あ……お父さん、それ……」

ふと、九十九は幸一の手元に目がとまった。

料理に使用した食材の余りだ。

「わかりました。楽しくて、心に余裕のある浴室にしてみます」

「風呂にあう熱燗《あつかん》も頼んだよ」

「はい、ご用意します！」

鯛めしは……あとで、冷やご飯に出汁を注いで食べよう。そっちも九十九の大好物であった。

♨　♨　♨

まったく。

張り切って客の要望に応える九十九の姿を、シロは黙ってながめていることにした。

だのに、あまり気分が優れない。酷い矛盾だと思う。

九十九がシロを頼ろうとしないのが面白くないのだ。

否、それだけではない。

そんなことは、いつもの話だ。

「いやあ、奥方は実に素直な人間ですね。天才の私には及ばぬ凡人ですが、大変に魅力がある」

こっそりと見ていたシロの存在を察していたのだろう。九十九が行ったのを確認したあとで、道真が声をかけてきた。

食えない類の男である。

シロがあまり好まぬ客だった。

「お前もか……否、お前だな？」

シロはもう一人、陰で見守っていた人物に声をかけた。

すると、眼鏡の下で申し訳なさそうな表情をした小夜子が出てくる。

「すみません……私が道真様に、九十九ちゃんのことを相談しました」

どうして、儂ではなかったのか。

そう問おうとしたが、答えは見えていた。

「九十九ちゃん、最近無理をしているので……」

九十九が真面目なのは、シロもよくわかっている。

大学を受験すると決めてから、一日も欠かさず勉強していた。

旅館業務のあとなので、時間は限られたが、その努力は充分に認められるものだ。こっそりと模擬試験の成績も盗み見たので、志望校の合格ラインとやらは余裕で超えているのはシロも知っている。流石《さすが》、我が妻。偉い。賢い。美しい。

しかし、九十九の不安は消えなかった。

夜も寝ずに勉強することで、受験の重圧から逃れようとしている。結果、最近の不調に繋がっていた。

この状態でいい結果が出るわけもなく、先日の小テストは奮わなかったらしい。その点数が余計に九十九の心を圧迫して、悪循環を起こしている。

よくない兆候だった。なんとかしなくてはならない。

そこでいち早く動いたのは、シロではなく小夜子だった。その点は評価すべきだ。流石は、妻の友人。偉い。

「だが、どうして儂に相談せぬのだ」

一度は黙っていようと思ったが、口で発してしまう。

やはり、不満だ。納得がいかない。

九十九に関する相談は、夫であるシロを通すべきである。それなのに、素通りされてしまったのだ。これは怒るべき点だろう。儂だって、心配なのに！

「すみません……」

小夜子が申し訳なさそうに頭をさげた。

「あまり責めないでくれたまえよ。この件は、私が適任なのは主上《しゅじょう》も承知しておりましょう？」

わざとらしい敬語や、主上という言い回しに反応しそうになりつつ、シロは黙るほかなかった。

たしかに、シロよりも道真のほうが適任だ。シロは学問の神ではないのだから。いや、本気を出せばなんとでもなるのだが。

単純な話だ。

客として泊まりに来た道真が九十九に難題を与える。九十九は全力で応えようとするだろう。そういう娘だ。

きっと、疲れて眠ってしまう。

九十九の学力には問題がないのだ。もう土壇場のこの時期にすることは、猛勉強ではなく適度な知識の再確認と、体調を整える生活だ。万全の状態ではない現状、いくら勉強しても全力を尽くせない。

それに小夜子は気づいていたし、道真も同意したという形だ。そして、シロもそれがいいと思っている。

菅原道真は学問の神だ。全国の受験生が加護を欲しがる。この時期、最も信仰される神の一柱であった。

その道真から努力を評価され、加護を受ける。これは、大いに自信へ繋がるだろう。この点においては、シロよりも効果がある。

そこは理解していた。

理解しているが。

「やはり、儂に相談すべきであろうに！」

九十九が見たら「またそういうことを……残念です！」などと言われそうだ。しかしながら、これが本音なので仕方がない。

シロは頬をふくらませて、ブスッとした表情を作った。

「だから、それは本当にすみません」

小夜子は頭をさげつつ苦笑いしている。

ううむ、解せぬ。

「まあまあ」

シロをなだめているつもりなのか、道真が肩に手を置いた。気に入らぬので、ピッと払っておく。

「問題は、そう上手くいくかですかね」

言いながら、道真は踵を返した。

小夜子も、自分の仕事に戻っていく。

♨　♨　♨

準備は万端だ。

付け焼き刃ではあるが、きっと大丈夫である。

九十九はピシッと姿勢を正した。

「道真様！」

意気込んで、客室で待っているお客様を呼んだ。

道真は待ち構えていたかのように、すぐに障子を開いて出てきてくれる。手には湯籠《ゆかご》をさげており、このまま浴場へ行ける状態であった。

「待っていたよ。すぐに行こうか」

「はい。ご案内いたします。男湯は他のお客様がご利用中でしたので、個室の浴室を使えるようにしました」

九十九は他のお客様と同様、道真をご案内する。

今から男湯に細工をするわけにはいかなかったので、今回は露天風呂つきの客室を利用することにした。

湯築屋は飛び込みのお客様が多いため、客室はすべて、すぐに使用できるようにしている。こういうときにも役立った。

「楽しみだね」

「入っていただければ、きっと、気に入ります」

「そうかい」

用意したのは、五光の間だ。

いわゆる湯築屋のＶＩＰルームである。

明治や大正を思わせるレトロな調度品が並んでおり、露天風呂がついている部屋だ。その部屋の露天風呂に、道真を案内する。

「ほお。柚子《ゆず》かね」

部屋に入った瞬間、匂いが漂っていた。

道真は口角を持ちあげながら、嬉しそうに笑う。表情に奥ゆかしい品があり、どこか雅《みやび》だ。

やはり、彼は神様だが、平安時代を生きた貴族でもあると実感する。

「柚子風呂にしました」

九十九は露天風呂を示す。

二階のため、湯築屋の庭を見おろすことが可能だ。雪がふり、寒椿が咲く景色は風情がある。浴槽は檜《ひのき》で、華美ではない上品なたたずまいであった。

湯船にプカプカと浮いているのは、柚子の実だ。

柚子の香りには気分を落ち着かせるリラックス効果がある。また、集中力を高める効能もあり、ゆっくりと詩を詠みたいという道真の希望に沿っていると考えた。

そして、身体を温めるため、疲労回復や安眠効果も期待できる。

「熱燗もご用意していますよ」

幸一の選んでくれた日本酒だ。「梅錦《うめにしき》」である。

愛媛県東予《とうよ》の日本酒である。純米吟醸酒一筋は、燗酒コンテストで金賞を受賞した日本酒であり、道真の注文にはピッタリらしい。

九十九は未成年でお酒が飲めないが、いつかは自分の舌で味を確かめたいものだ。

そういえば、結婚の儀で飲んだ御神酒は、どんな味だったのだろう。などと、考えてしまう。まったく覚えていない。

「どうしたのかね、若女将?」

「雑念です！　すみません、なんでもありません！」

「そうかね。凡人は大変なのだね！」

「は、はい！」

余計な想像までしてしまい、九十九は首を横にブンブンとふる。

ウェディングドレスなど考えていない。ケーキの上に、可愛いマジパンの人形が載っているとか、ブーケトスでは結婚に興味もないくせに京が前に出そうとか、お色直しに和装が着たいとか……そんなことは考えていない。

でも、神前結婚式もいいなぁ……そもそも、神様と結婚するのだけど。というジョークはどうでもいい。つまらない。

「ふむ。なるほど……注文通りだね」

道真は満足そうに、ふんわりと優美な笑みを描く。

それを確認できて、九十九は嬉しくなった。

道真を満足させれば、大学合格が約束される。

そんな約束のためではない。

むしろ、それは今の九十九には関係なかった。

九十九は受験生だが、湯築屋の若女将である。

単純に、お客様のお役に立ててよかった。

働いていると、受験の疲れや不安も忘れてしまう。不思議だった。夢中になっているからかもしれない。

心から、この仕事が好きだと思えた。こんな瞬間を何度も経験できるから、次もがんばれる。つらいことがあっても、また乗り越えようと思えた。

「若女将、ちょっと話していかないかね」

「え?」

これからお風呂を満喫する道真の邪魔をしてはいけない。そう、退室しようとした九十九を、当の道真が呼び止めた。

一瞬、目を離した隙に、道真はすでに湯の中だ。着物は部屋のすみに畳んで置いてある。いつの間に。

神様は不思議だ。いろいろな物理法則を無視してしまう。慣れはしたが、理解はできない。

「そこに座っているだけでいいから、話し相手になってほしい」

「は、はあ……わかりました」

珍しいタイプの注文だ。九十九はよくわからないまま、入浴している道真の姿が見えない位置に正座した。

お客様が入浴中だと思うと、ちょっと気まずい。というより、やりにくかった。

「気にするな。稲荷神も、そこらで見ているよ」

「な……」

二人きりではないから安心しろという調子で、道真が笑った。

忘れていたが、九十九は急いで周囲を見回す。

おそらく、シロは霊体化して様子を見ているのだろう。だが、姿は現さなかった。このまま、そっと見守るつもりなのだ。

忘れがちだが、シロはたいてい九十九のことを見ている。ストーカーとも言うが……好意的に見れば、見守ってくれているので安心できた。一周回って、もう慣れてしまったので、なにも言うまいといった心境だ。

「私はね……加護というものが嫌いなのだよ」

道真の言葉に、九十九は身じろぎした。

「私とて、天才だが生まれた当初から神ではなかった。人であったからこそ、人々が祈る心も理解はしている。だがね、人であったからこそ、自分がどれだけの積み重ねをしてきたかという誇りもある」

道真は幼少時より和歌などで才能を発揮していた。いわゆる神童、天才である。やがて、成長すると学問の最上位・文章博士《もんじょうはかせ》となったほどだ。政治面でも、着実に実績を重ね、宇多《うだ》天皇の側近にもなっている。

それだけの功績を残すには、天賦《てんぷ》の才だけでは片づけられない。並々ならぬ本人の努力も必要であっただろう。

才能だけで登りつめる人間などいない。

そこには、他者には見えない苦労を背負っているはずだ。勘違いしてはならないのである。

「まあ、どれだけ才能があろうと、努力を積もうと、無意味になることもあるがね」

結果的に道長は政敵の策略にかかり、身に覚えのない罪で九州の太宰府へ左遷された。その無念で怨念となったとも言われている。

「それでも、私は無意味とも思わぬ。こうして、神となれたのも、私が天才ゆえ。凡人の君らでは、決して至れぬ高みというわけだ」

「はい……誰にでもできることではないと思います」

「いやね、別に私は驕《おご》ったり、自慢したりしているわけではないのだよ」

「わかっていますよ」

「ふむ。それならいい。ただ、凡人が私のような天才になるのは無理だと言っている。言葉通りに受けとってほしい」

言葉通りと言われても、意味がわかりかねた。

九十九が真意を理解していないと気づき、道真は頭をかいていた。どうやら、充分に説明したつもりだったらしい。

なんとなく、道真は言葉が足りていない。本人の言葉を借りると、天才すぎて凡人への説明がむずかしいのだ。

「天才なのも困りものだ。凡人を理解できない」

「す、すみません……」

「いいよ。もう少し噛み砕こう……君らがいくら足掻いても、神には至れないのだ。人には器というものがある。それぞれに、おさまりのよい器を持っているのだよ。大きさも形も、ちぐはぐだ」

「器……」

器が大きいとか、小さいとか、そういう慣用句はある。それに近いとは思うが、きっと、もう少し異なる意味だ。

「私は学問の天才だが、凡人とつきあうのは苦手だ。それは、君のほうがいい器を持っている領域だろうよ」

道真は両手を使って、ていねいに湯をすくった。湯は道真の手におさまったまま、こぼれない。

「それぞれの才能は違うのだ。だから、他者と比べても意味はないのだよ。己にあった手段と、必要なだけの積み重ねがある。そこを間違えては困るね。誰もが同じ土俵にいると思ったら、大間違いだ」

あ……。

九十九は両目を見開き、道真の言っている意味を呑み込んだ。

やっと、理解したと思う。

「私は君ら凡人と同じだとは考えていない。見あった努力を積んだ者を、私は評価する。そこへ至れぬのに、神頼みする愚か者とは違う。そして、私はこうも考えているね……努力を積んだ者は、正当な形で報われるべきである」

「正当な、形……」

「だから、私は加護を授けぬ。それは、その者に対する冒瀆《ぼうとく》だよ。加護を与えることで、積み重ねた成果を発揮する機会を奪ってしまう。評価は人にとっての誉《ほま》れだ。要らぬ加護で踏みにじられるのは、屈辱だろう」

受験は競争だ。

勉強した積み重ねという実力をぶつけ、そして結果が出る。それは誰もがみんな喜べるものではなく、必ず敗者も存在した。

だからこそ、道真は水を差したくない。

加護という要素によって得た勝ちをよしとしないのだ。

「私は勝ちもしたが、負けもした。だが、それは私の勝負だ……そこに神が介在したのだとしたら、呪うね」

実際に怨霊となった逸話のある道真が言うと、笑えない冗談だ。けれども、裏返して本気だとも感じる。

「だから、私は加護の代わりに、気に入った者には、似つかわしい言葉をかけるようにしている。それは夢であったり、偶然流れた映像であったり、本の中の一節であったり、必ずその者の記憶に留まる形で届けるのさ」

道真は湯船から身を乗り出し、九十九のほうを見た。

身体が半分出ている。お客様の裸体から、九十九は慌てて目をそらそうとした。けれども、不思議と視線は道真に釘づけのままとなる。

「私が直接、言葉をかけた君は特別だよ」

「え……」

九十九は表情も身体も固まらせたまま、息を吞んだ。

これは道真からの贈り物である。

彼が選び、九十九に直接贈ってくれた言葉なのだ。

「もしかして……最初から、ですか？」

道真は加護は冒涜だと言い切った。

それならば、九十九に加護を与えると言ったのは……。

「騙してしまったかな？」

当初から、そのつもりなどなかった。

結果的には、騙したことになるのかもしれない。

しかし、道真の言葉を受けとった九十九には、首を縦にふることなどできなかった。

「いいえ……元から、お断りするつもりでした」

加護を受ける気はなかった。

九十九は受験生だ。合格したい。当たり前である。

しかし、道真の加護を受けるのは、間違っていると思うのだ。成果は正当に評価されるべきである。

これは道真と同じ気持ちであった。

「私は至らぬ者には、言葉をかけぬ。決してな……誇れ」

「そのお言葉をいただけただけで、嬉しいです」

ほっとした。

受験をすると決めてから、いつもなにかに追い立てられている気がしたのだ。それで眠る時間を削って勉強してしまった。

足りない。

自分には、まだ努力が足りない。

なにをしていても、胸の奥で黒い焦りを感じた。いつも不安で胸が占められて、圧迫されて……息苦しくて……どうしようもなくなっていた。

道真から言葉をもらって、それが少しだけほぐれた気がしたのだ。

「ありがとうございます」

九十九はその場で、深く頭をさげた。

「礼には及ばぬよ。私も楽しませてもらったからね。感謝の言葉なら、そうさね……君を心配して、私のところへ嘆願に来た友人にでも述べておきなさい。ずっと、自分ではなく、君の心配をしていたからね。居たたまれず、つい出ていってしまった」

「小夜子ちゃんが……？」

「よい友人を持ったね。天才は孤高ゆえ、うらやましい」

道真は息をつきながらも、満足そうだった。

「さあ、ゆけ。私はもう少し独りで楽しむよ……君は平凡な人間なのだから、身体に障らぬよう、早く寝るがいい。今日は疲れただろう？」

「はい」

そうだ。今日は疲れた……。

今更になって、九十九は自分の疲労を自覚する。眠気も強いし、激チャで身体も痛かった。

早く寝ないと。

5

とはいえ、やっぱり勉強は毎日したい。

一日やめると、癖になってしまいそうで怖いのだ。

九十九は疲れた身体を引きずるように母屋へ帰り、自分の勉強机に向かった。

「単語帳だけ……」

英単語の復習だけしておこう。ちょっとだけページをめくったら終わりにする。そう決めて、九十九は単語帳を開く。

頭がふわふわする。

いやに身体が重くて、気怠《けだる》さもあった。

当然のように、頭には入らない。

無理はいけないとわかっている。道真だって、九十九を認めてくれたのだ。加護はないけれど、自信にはなった。

だが、毎日のルーティンを壊すのも怖いもので。

九十九はつらつらと、英語の単語帳をながめ続けていた。

♨　♨　♨

まったく。

シロはこの日、何度目か知れぬため息をついた。

九十九と道真の動向に口を出さないと決めたが、やはり見ているだけなのは性にあわない。

助力を求めれば、すぐになんとかしてやるのに。

目の前には、机に伏したまま眠っている九十九がいる。

顔色がとても悪く、寝息も穏やかではなかった。額に触れると、やはり発熱している。

おそらく、風邪の類だろう。

「お前たちは脆《もろ》いのだ……自覚せよ」

人間の身体は脆い。

神々が驚くほどに呆気なく壊れてしまうのだ。

昔よりもずいぶんと平均寿命が延びたとテレビで言っていたが、それでも、せいぜい百年余りが精一杯である。

ひねれば折れるし、切れば血が流れ、痛みをともなう。呆気なく事故で死ぬことだってある。

本当に呆気ないのだ。

驚くほどに。

そのように儚《はかな》いものだと自覚してほしい。

「…………」

シロはもう一度、息をつく。

九十九の前髪を指でわけた。

しなやかで、若々しい黒髪だ。隠れていた額の色も、十代らしく健康的だ。とはいえ、今は熱にうなされて、珠《たま》のような汗をかいている。

そこに、軽く唇を寄せた。

シロの神気には浄化の力がある。それは、瘴気《しょうき》の類に作用するだけではない。病魔や疲労にも有効だ。

これはシロの神気が道後の湯と性質が似ているからである。

生きている者ならば。

死者の蘇生は最も曲げてはならぬ摂理である。

それは神々なら誰もが理解しており、守っている絶対の一線だ。黄泉《よみ》の境界を越えた者を引き戻すには、相応の対価が必要となる。

それを支払える神は……あまりいない。

「お前たちは、どうしてそうなのだ……」

九十九の顔色がみるみるよくなっていく。すぐに熱がさがりはしないが、じきに落ち着くだろう。

シロは九十九を布団へ寝かせてやることにする。神気を使って布団を敷き、そこに九十九を横たえた。

「ふむ……休めと言ったつもりだったが、凡人には伝わらなかったかね」

フッと気配が現れる。

窓枠をふり返ると、どこからわいてきたのか、道真が座っていた。大方、九十九に助言をしたが心配になって、様子を見に来たのだろう。

「このような役回りは、いつも夫の儂と決まっておる。心配はいらぬから、さっさと部屋へ帰るがいい」

「天才に敵わないからと言って、そのようなお言葉は心外ですね」

「聞こえぬか、疾《と》く去れ」

しっしっと、手で払う素振りをする。だが、道真は鼻持ちならぬ余裕の表情で、こちらをながめていた。

気に入らぬ。

シロがあまり好まぬ相手だった。

「いい奥方をお持ちですね」

「くれてはやらぬぞ」

「結構ですよ」

道真は首を横にふりながら、はぐらかした。

「妻は人の身で娶《めと》ったので充分です。それに、人間の妻は今の私には重い」

重い。

その言葉の意味を理解して、シロは顔をしかめた。

人の寿命には限りがある。

一方で、神にはそれがない。

信仰がある限り、いつまでも存在し続けるのだ。道真のような神ならば、それは永遠にも似た時間だろう。

信仰の形は変わり続けている。

だが、決してなくならない。日本には無神論者が増えたと言っても、それは習慣として、生活として、いたるところに根づいている。この国の大きな特性と言えた。

「とはいえ、私など、あなた方に比べれば儚いものです。いつかは堕神《おちがみ》となるかもしれぬ」

「気安く堕神などと」

道真は人間から祀られ、神へと昇華した男だ。学問の神として彼を信仰する日本人は多い。

名前を忘れられ、堕神となる未来など、ずっと先の話だろう。それは本人もわかっているはずだ。だからこその余裕がある発言でもある。

「別天津神とは違いますので」

「…………」

「信仰のない混沌より出でた原初《はじまり》の存在と、我々は違いますからね。世の終焉《おわり》まで見届ける天之御中主神――」

「違う」

饒舌《じょうぜつ》に語る道真の言葉を、シロは強い語調で遮った。

違う。

否、違わない。

「儂は、お前たちの望む存在ではない——此れは、ただの罰だ」

声をしぼり出し、道真に視線を向ける。

道真はいけ好かぬ顔で笑っていたが、やがて、表情が失せた。

「我々には、些事ですよ。其の在りようではなく、存在そのものに意味があるのです。本質こそが我らのすべてですからね。わかっていないわけではないでしょうに」

それだけ言って、道真は窓枠の外に足を投げ出す。そして、ひょいと簡単に飛び降りてしまった。

「では、また明日。主上」

言うだけ言うと、道真はあっさりと帰っていく。本当に、なにをしに来たのだ。まったくいけ好かない男である。

「好き勝手に」

これが天照の言っていた「煽る」というものか。たしかに、とても苛《いら》つかされる。八つ当たりで、道真だけ神気の使用を制限してやろうか。だが、そんなことをすれば「シロ様、大人げないです！」と九十九に怒られてしまいそうだ。

シロは九十九のほうへ向き直る。

妻はなにも知らず、すやすやと穏やかに眠っていた。

なにも知らないまま。

このままでは済まない。

約束もした。

だから、シロはシロなりに折り合いをつけるべきなのだ。

だのに、今更。

「いっそ、お前が月子ならよかったのだがな」

布団が少し乱れていたので、整えてやった。

目の前で眠っている妻と、よく似た神気を知っている。

永い間、探していた。

待ち望んで、待ち望んで……それなのに、いざそのときが来たときにシロがとった行動は——拒絶だった。

矛盾している。

「ままならぬな……」

そのまま立ちあがろうとするシロの袖が強く引かれる。

見ると、九十九がシロの袖をつかんでいた。目は閉じており、寝息も立てているため、寝ぼけているのだろう。

振り払うのも、忍びない。

九十九の隣に座ったまま、眠った顔をながめる。

ずっと見ていると、胸の奥。否、腹の底のほうから、なにか言い知れぬ感情が這いあがってくる。

この娘はいつもそうなのだ。

シロが逃げると、必ず追ってくる。

引いた線を飛び越えて、用意した壁を突き破って……シロの領域へと侵入するのだ。土足で踏み入って荒らしていく。

この娘は、シロが待ち望んでいた存在ではない。

これ以上、踏みこまないでほしい。

それなのに、シロは。

この袖をつかむ手が、ずっとこのままならいいと感じてしまうのだ。

♨　♨　♨

あれ……？

わたし、昨日はいつ布団に入ったんだっけ？

髪がゴムで結ったままになっている。必ず、寝る前には外すはずなのに。髪の毛がすごいことになっていた。

「んぅ……」

よっぽど、疲れていたのだろう。

窓も開けっぱなしで、机の電気も消していなかった。開いたままの単語帳には、ミミズのような文字が這っている。

きっと、昨夜は壮絶な眠気との格闘を繰り広げ……そして、負けたのだろうと察することができた。

だが、目覚めは大変にいい。

頭がすっきりしている。いつもより、身体が軽くて視界もクリアだった。

九十九は大きく伸びをして、肩を回す。久しぶりに、気持ちがいい朝だと感じた。それくらい、よく眠れていたのだろう。

パジャマを脱ぎ捨て、制服に袖を通した。

髪は櫛でとき、ポニーテールにまとめるとおさまりがよくなる。

入学式や始業式でもないのに、シャキッと引きしまる気がした。湯築屋の結界の中だが、空気も美味しい。

九十九はそのまま、母屋の台所へおりた。幸一はすでに厨房で、お客様の朝食を準備している時間だ。

九十九も以前は早起きして朝食の手伝いや配膳をしていた。しかし、受験を決めてから平日は学校の始業にあわせた起床時間にしている。夜に勉強する分、睡眠時間を長くとってほしいという従業員からの配慮であった。

大学生になったら、もう少し朝にも余裕ができるかもしれない……ぼんやりと、数ヶ月後の自分について思い浮かべる。

しかし、ちっとも実感がわかなかった。

それどころか、高校を卒業しなくてはならない。受験が終わったあとの生活が、なにも想像ができないのだ。

数ヶ月後、どんな自分がいるのだろう。

わくわくする。

いいや、不安だ。

どちらでもあり、どちらでもない。

「あ、若女将っ。いってらっしゃいませ！」

九十九が玄関へ向かっていると、朝餉《あさげ》の配膳中だったコマが頭をさげようとする。

だが、頭の上にお膳をのせて、両手で支えている格好だ。上手くお辞儀ができない。

「あ、あっ！」

危うく、傾きそうになるコマのお膳を、九十九が手で押さえてあげる。

「ありがとう、コマ。気にせず配膳してきて」

「うう……こちらこそです……すみません、若女将」

少々位置がズレたお箸や小鉢を直して、九十九はコマに手をふった。コマは今度こそ、お膳を落とさないように無理にお辞儀には挑戦せず、「いってらっしゃいませっ！」と声をあげてくれる。

両手の代わりに、もふりとした尻尾が左右にぴょこぴょこと揺れていた。

「うん、いってきます！」

靴を履いて玄関を飛び出す。

湯築屋の結界には天気がない。四季がない。気温の変化もない。空は藍色が広がるばかりで、雲も月も星もない。太陽も昇らない。

周囲から隔絶された空間だ。

なにもない。

あるのは、シロの裁量で変化する幻である。冷たくない雪が静かにふっていた。庭に咲く寒椿の花も、本物ではない。

だが、紙吹雪や造花とも違う。妙なリアリティがあり、「そこに、本当に存在している」かのような錯覚を覚える。

ここは、檻のようだと表現するお客様がいた。

そうだとすれば、閉じ込められているのは――？

「いい顔ではないか、君」

ついぼんやりと足を止めていた。そこへ声をかけられて、九十九は我に返るようにふり向く。

「道真様」

道真は余裕のある笑みをたたえ、庭石の上に座っていた。

いつからいたのだろう。神様にそれを問うのは無粋だ。彼らは気がついたら、そこにいる。

いや、いつだって見守っているのだ。

九十九だけではない。自分を信仰する人間を見守っている。誰のそばにだって、神様は存在するのだろう。

「どうせ、君のような凡人では、私を超越できまいよ。分不相応に、最高峰の学舎《まなびや》を希望しているわけでもない。身の丈にあった、実によい選択をしていると思うね」

「は、はあ……」

あいかわらず、一周回ってわかりにくい。

九十九が苦笑いしているのに気づき、道真は「ふむ」と考えなおす。伝わっていないのが、わかったようだ。

「君なら、力を尽くせば大丈夫だよ。人を超越し、神に至った天才たる、この私が言葉をかけているのだから、もっと自信を持ってもらわねばならぬ」

「ありがとうございます……すみません、自信出ました」

「ふむ。よい顔だね。それなら、心配あるまいさ。無理はするなよ？」

道真は満足そうに、木笏で口元を隠す。

不器用というよりは、伝わりにくい。

人間と同じように、神様にもいろいろある。一人ひとり、一柱一柱、違った考え方を持っているのだ。

それぞれにあわせておもてなしをするのが、九十九の仕事である。

だがそれは、神様たちもそうなのかもしれない。

道真は参拝客に応援の言葉を届けている。その方法は様々で、今回は九十九のために、言葉をかけてくれた。

同じなんだ。

人間と神様は異なるもの。

だが、根幹は――わかりあえるかもしれない。

「いってきます、道真様……ありがとうございます」

九十九はていねいに頭をさげ、道真に告げる。

道真はうなずきながら、「うむ……おっと、そろそろ朝餉だね」などと言って、姿を消してしまった。

九十九は改めて、湯築屋をふり返る。

道後温泉本館に似せた近代和風建築の外観。

オレンジ色のガス灯が、やわらかい光をたたえていた。その光を、玄関に使用されたぎやまんガラスが跳ね返している。

和風とも洋風とも言えぬ、近代日本、明治の趣《おもむき》を持ったたたずまいであった。

これも、シロの結界で生み出された幻のようなものだ。

けれども、九十九にはここが虚しいだとか、檻だとか、そんな場所であるようには思えない。

ここは——湯築屋は、そんな場所ではない。

いいや、そんな場所にはしたくない。

お客様にとって、そして、シロにとって……湯築屋は、もっと別の意味を持っているはずだ。

そうすべきなのだ。

その形を決めるのは、他でもない。

シロであり、ここで働く九十九たちなのではないかと思う。

夢．まどろみと月の光

だんだんと、自分が夢の中にいるという感覚を理解してきた。

何度も、何度も……同じ夢を見ているのだ。

まったく覚えていないのに、そういう感覚だけあるのが不思議だった。それでも、夢の中でだけ記憶が薄らと戻る気がするのだ。

記憶とも呼べぬ「経験」という感覚だろうか。スポーツなどで「身体が覚えている」というが、それに近いと思う。

頭のどこかで覚えている。

九十九は以前にも、同じような夢を見た。

深く深く潜っていく夢だ。

それなのに、一番奥のほうには行けないまま追い返されてしまう。そういう夢だったと思う。

『九十九』

名前を呼ばれ、九十九はふり返る。

初めて見る、けれども、見慣れた岩場が見えた。

一羽の白鷺が羽を休めている。周囲の薄暗さに反して、真っ白で視界が浄化されるような色だった。光っているようにも見える。

白鷺は表情のわからぬ目で、こちらを見ていた。

「またお会いしましたね」

すんなりと、九十九の口から言葉が出てきた。

初めて見るはずなのに、そうではないという確信があったからだ。

その言葉を得て、白鷺は満足そうにしている。実際の表情は変わらないが、なんとなく感情を読みとった。

白鷺の足元にわくのは清らかな色をした湯だ。湯気がもくもくとあがっており、独特の神気を感じる……道後温泉の湯である。

道後温泉の起源に、白鷺が関係している逸話があった。毎日、岩場で白鷺が羽を休めているので不思議に感じた住人たちが確認すると、そこには湯がわいていたという不思議な話だ。そのため、道後温泉本館には白鷺のシンボルが用いられている。

その伝説を彷彿とさせる光景だった。

九十九は一瞬だけ白鷺から視線をそらして、すぐに戻す。

「え……」

そこに白鷺はいなくなっていた。

違う。

白鷺の代わりに、別の者が座っていたのだ。

『そう緊張せずともよい』

墨で描いたような長く、艶のある髪が純白の衣褌《きぬはかま》に落ちている。その背には、天使のような白い翼が見えた。真っ白な羽根の一枚一枚が、ほんのりと光を放っている。

透明感のある水晶のような、しかし、深い色合いをした紫の瞳が九十九をとらえていた。

知っている。

あのときの……。

五色浜《ごしきはま》で堕神から九十九と京を守った神だった。

『ずいぶんと、深くまで来るようになったな』

「深く？」

九十九は眉を寄せた。

怪訝《けげん》に思っていると、視界の端を白い影が横切った。白鷺ではない。獣のようなもの
――白い狐だ。

狐が岩場の陰から飛び出して、九十九の前に現れた。

やわらかで真っ白な毛並みが美しく、真っ暗な闇にあっても月の光を吸っている。きらきらと輝く銀の色にも見えて、幻想的だ。

九十九は一度、狐から視線を岩場に戻した。

しかし、そこにはすでに誰もいない。翼を持った神様も、白鷺も。どちらの姿も見当たらなかった。

「あの――」

「あなたは……」

狐をふり返ると、琥珀《こはく》色の瞳がこちらを見つめる。

神秘的だがガラス細工のようで……しかし、たしかに生きていた。

理由もなく胸がざわざわとする。どうしてかわからないが、ドキリと胸が鼓動する感覚があった。

こういう視線を九十九は知っている。

とてもよく知っていた。

「大丈夫だよ」

いつの間にか、狐の隣に女の人が立っていた。

儚い印象の女性だ。少女のようにも、大人のようにも見える。この人とも、何度も顔をあわせているような気がした。不思議と親近感のようなものも感じている。

女の人は白い狐をなでて、薄ら笑う。

可憐な乙女にも、魅惑の魔女にも見えるのが不思議だ。表情が変わるたびに、別人のような錯覚に陥る。

彼女は白い狐の他に、もう一匹真っ黒な狐も連れていた。こちらは、九十九には見覚えのない狐である。しかし、白い狐と同じ琥珀色の瞳が印象的だ。

「月子さん……」

知らないはずなのに、女の人の名前が口から出る。

いや……九十九が知っている名前だ。そうでなければ、名前を呼べるはずがない。だから、とても奇妙だった。しかし、しっくりときている。

「今日もはじめようか」

女の人——月子は九十九に手を差し伸べた。

「きっとすぐに忘れる。でも、思い出すときは近いはずだよ。だから、準備をしておかないと」

九十九は月子を覚えている。

夢の中で何度も会った。

それ以上に——。

「稲荷神の妻……そして、わたしの。いいえ、湯築の巫女」

九十九はゆっくりと月子に歩み寄る。

そして、差し出された手に、自分の手を重ねた。

「本当なら、あなたはもっとたくさんの夢を見る。でも、今はこうすることしかできないの」

「もっとたくさん？」

月子は九十九の手をにぎり返した。

見た目の印象から受ける儚さと違って、力強くて頼もしく思える。

「巫女の御業《みわざ》は本来、夢で継承するからね」

巫女の御業……九十九は就学中、巫女の修行は免除されていた。最低限、神気の制御と護身用にいくつかの術が使える程度だ。その術も母親の登季子《ときこ》から教わったと記憶している。

「神気を使う術のことですか？」

登季子は自分に宿った神気を力に変換して術を使う。一方、八雲《やくも》は加護を受ける神様の力を借りて術を行使している。

現状、九十九が使える術は後者だった。シロから力を借りている。

「そうよ。でも、あなたの考えている術とは違う。そっちは、然るべき人に教わりなさいな」

足元を歩いていた白と黒の狐が鳴いた。

まるで、月子の言葉に同調しているかのようだ。

「わたし――初代巫女である湯築月子の役目は継承。そのために巫女たちの夢に住んでいる……神の力を使えるように」

九十九は今だってシロの力を借りた術を使う。それとは違うのだろうか。

あるいは――。

「…………」

頭上の月を見あげる。

青くて、白くて、儚くて……本当に美しい
けれども、悲しい気分にもなった。

理由も、これがどういう感情なのかもわからない。

ただ一つ確かなのは、この夢もきっと忘れるということ。

旅・いい日旅立ち列車

1

はあ。と、白い息を吐いて両手をこすりあわせる。

寒い。無駄に足踏みを多くして、寒さを紛らわした。

けれども、九十九の気持ちが落ち着かないのは寒いからではない。むしろ、寒さで気分が紛れるのでありがたいとまで思っている。

九十九はマフラーを何度も整えながら歩いてしまう。視点も定まらない気がした。暦のうえでは、もうすぐ春とは言うけれど、そんなものは信じられない。

とにかく落ち着かなかった。

「九十九ちゃん、大学はこっちだよ」

路面電車からおりて歩きはじめた九十九に、小夜子が苦笑いしながら呼び止めてくれた。

以前から場所はよく知っていたし、筆記試験のときも行ったのに……九十九は緊張のあまり逆側へ向かって進んでいたようだ。

「ご、ごめん。小夜子ちゃん」

九十九はくるりと方向転換して、小夜子についていく。

大学入試の合格発表日なのだ。

インターネットでも見られるのだが……今日は家にいても落ち着かなかった。いや、昨日からだ。そわそわしすぎて、碧《みどり》から「若女将は、今日しっかり休んでください」と言われた。

しかし、なにもしていないと余計に居場所がない。

畳に這いつくばるように寝転んだまま立ちあがれなくなった九十九に、シロが「まるで屍《しかばね》ではないか」と宣《のたま》ったのが頭に来なかったと言えば嘘だが、実際、その通りの有様だった。

見かねた八雲が小夜子に連絡してくれたらしい。そして、駆けつけた小夜子によって、九十九は合格発表の掲示に連れ出されたという経緯である。

小夜子は看護師の専門学校を受験し、すでに合格をもらっていた。九十九の合格発表についてきてくれる必要はないのに、本当にありがたい話だ。

「大丈夫だよ、九十九ちゃん。道真様にも応援してもらったでしょ？」

「そうだけど」

「お客様を信じないと失礼だよ」

「信じてないわけじゃないけど……」

「自己採点よかったんでしょ？」

「でも、解答欄間違えてるかも」

「じゃあ、落ちたらそういうことにしよう。九十九ちゃんなら、大丈夫だよ」

「小夜子ちゃんって、本当そういうこと言うよね」

「ふふ……ありがとう」

九十九は学問の神様・菅原道真から直接の言葉をもらっている。決して、それを信じていないわけではない。

試験の日も調子はよかった。体調も崩さず、万全の状態で臨んだはずだ。

しかし、どうも「結果発表」は心臓に悪い。

すべてのがんばりが一回の試験で出たのかと聞かれると不安しかなかった。自己採点はしたが、万一、記入ミスがあったらどうしよう。みんなの成績がよくて合格点が高かったらどうしよう。

そういうことを考えると、きりがなかった。

「あ、ゆづー！」

大学へ向かって歩いていると、門の前で京が手をふっている。隣には、将崇の姿も見えた。二人とも小夜子が連絡を入れてくれたらしい。

将崇も小夜子と同じく別の専門学校を受験したはずだが、九十九のために来てくれたのだろう。九十九たちより、一足先に合格発表があった。将崇も小夜子同様に無事合格しており、表情にも余裕がある。

どれだけ周りを心配させているのかと思うと、九十九はちょっとばかり申し訳なく感じるのだった。

「もうちょっとで貼り出されるんやって」

京は九十九が来るなり、いつもよりベッタリと距離を詰めてくる。腕に抱きつかれたので、九十九はパチクリと目を見開いた。

京とのつきあいは長いが、普段と距離感が違う。

すると、将崇が冷めた目で京を見ながら息をついていた。

珍しく呆れた様子である。

「こいつ……待っている間、ずっとその辺りを走り回っていたんだぞ」

「ぐ……」

将崇に今までの様子をバラされて、京は気まずそうに視線をそらした。

「京も……落ち着かなかったの？」

受験前は、あんなに余裕そうだったのに。

試験当日だって、緊張でお弁当が食べられない九十九を笑っていた。自信にあふれる表情で「自己採点もしとらんよ！」とか言っていたっけ……？

「いや、いくらなんでも落ちるとは思っとらんのよ？　一応、確認したほうがええかなって程度やけん」

京は九十九から離れながら、そんなことを言う。そして、早足で前を歩き「早よ行こ」と急かした。

その様子を見て、小夜子がクスリと笑う。

「緊張してるのは九十九ちゃんだけじゃないね」

「……うん」

京は平気そうだと思っていたが……彼女も九十九と同じのようだ。そうだと知ると、途端に気分が軽くなった。

誰だって同じなのだ。みんな平等に受験生。しかも、勝負は泣いても笑っても終わっている。

結果を見て、帰るのみだ。

「ありがとう！　京！」

九十九は急に元気が出て京の隣に駆け寄った。

「うち、なんもしとらんよ。っていうか、ゆづだってライバルやけんね！」

「うん！」

九十九はここへ来て、初めて笑顔を見せた。

頭上を見あげると、電柱にすずめがたくさんとまっている。しかし、そのうちの一羽が明らかに白い。インコのような色をしていた。

あれはシロの使い魔だ。結界の外では、いつも動物の姿で見守ってくれる。ストーカーのように思うときもあるが、今は心強い。

試験結果が貼り出される掲示板の前には、すでにたくさんの受験生が集まっていた。みんなそれぞれ、自分の受験番号を見ようと心待ちにしている。楽しそうに友達同士でお喋りしている姿も見えたが、多くは落ち着かない空気を醸し出していた。

不安なのは誰だって同じだ。

九十九と京は並んで、掲示板の前に立って待つ。

会話はない。

話そうと思えば、いろいろあったはずだ。

新しく見つけた飲食店の話や、スタバの新作ドリンク、放送中のドラマや見たい映画……けれども、なんとなく二人とも黙っていた。

なにかを話せば、二言目には「大学受かったらどうする？」と、大学生活の話題に移り、そして結果発表がまだ出ていないことを思い出すだろう。そんなスパイラルが見えてしまって、なかなか会話できない。

自分から口を開かないところを見ると、京もそうなのだと確信する。

「なんでこいつら黙ってるんだ？」

「将崇君、こういうのはデリケートだから黙ってて」

「そういうものなのか？」

「そういうものよ」

うしろで将崇と小夜子が話している内容が聞こえてくるが、特に加わろうとは思わなかった。

やがて、大きな模造紙《もぞうし》を持った大学職員が数人現れる。

模造紙のことを愛媛県では「とりのこ用紙」と呼ぶ。小学校から高校まで、九十九は学校ではずっとそう呼んでいた。あるとき、県外からの転校生に通じなかったときは軽くショックを受けたものだ。

そんなどうでもいい余談を考えて気を紛らわせているうちに、掲示が終わる。途端、待ち構えていた受験生がみんな掲示板に近寄った。

自分の番号はどこだろう。

ない。ない。ない。

いろんな場所で「あったー！」と悲鳴があがるのが、焦燥感を煽る。泣いている人は、合格なのだろうか。それとも、不合格なのだろうか。掌に汗が滲んでいった。

「ゆづ、あった……！」

先に叫んだのは京だった。

自分の番号を指さして、涙目になっている。普段、学校でサバサバしている京がこんな顔をするのは珍しい。

「おめでとう、京！」

たしか、九十九は京の受験番号の近くだった。九十九は京にお祝いを述べる一方で自分の番号を探して紙に視線を向ける。

京の番号から数えて、一、二、三……ここで列が切れて、次の段……あ。

「あった！」

九十九は黄色い声で叫びながら、京に抱きついた。

もう一心不乱に「きゃあきゃあ！」と叫んでしまう。湯築屋ではあげられない声だ。いろいろと裏返って、様々なものがあふれ出てしまいそうだった。

「九十九ちゃん、おめでとう」

小夜子も一緒に喜んでくれた。将崇も巻き込んでみんなに抱きついてしまう。

「わ、わ、待て、なんで俺も⁉」

「ノリ！」

「将崇君も！」

「わ、わ、わ……！」

顔を真っ赤にして逃げ出そうとする将崇を、京が押さえ込んだ。周囲を真っ白なすずめが低空飛行して囀《さえず》っている。ちょっと騒がしい。

よかった。

緊張したのが嘘みたいだ。

よかった。

ああ……よかった。

頭の中には、それしかなかった。

「いやもう、ゆづは大げさなんよね。そういえば、高校の合格発表のときも、こんなんやったよね！」

コップの水を飲み干して、京はバシバシとテーブルを叩いた。

ダンッと豪快にコップを置きながら笑う様には見覚えがある。大ジョッキでビールを飲んで酔っ払ったお客様が、似たような仕草をしていた。「ぷはー」まで入れれば完璧だろう。

要するに、それくらい気分がいいということだ。

三人と一匹で、打ち上げと称してランチに寄ったカフェ。

　京は実に解放感のある笑みを浮かべていた。たぶん、九十九も似たようなものだろう。今、とても気持ちがいい。清々《すがすが》しい。まるで、背中に羽が生えたようだ。

　受験が終わり、試験の結果が出た。九十九も京も、二人とも晴れて春から大学生である。小夜子と将崇も、それぞれ自分のやりたい道のために専門学校へ行く。

　胸のつかえがとれた。

　春からの生活だって不安だ。大学は私服で通学だから、毎日の洋服が心配。友達ができるか心配。講義についていけるか心配。

　京とは同じ大学だが、進学する学科が異なる。湯築屋があるのでサークル活動をするか悩ましいが、恐らく別々だろう。

　九十九と京は幼稚園から一緒だが、いつだって相手にあわせたことはない。高校受験も、たまたま志望校が同じになったので驚いた。

「もうね、バイト先決めとるんよねぇ。大学生になったら、応募するつもりなんよ」

　京は明るい大学生活に思いを馳せて笑う。道後のお洒落なカフェでアルバイトをするつもりのようだ。

「ゆづは、実家のバイトやろ？」

「うん」

　アルバイトというか、若女将だ。

本当は別のお店でも働いてみたいという気持ちもあった。九十九はずっと湯築屋で働いている。他の仕事にも興味がないと言えば嘘だった。

ちなみに、春から将崇が正式に湯築屋のアルバイトになる。

以前から手伝いに来てくれていたが、本格的に料理をしたいらしい。厨房の幸一を手伝ってくれる予定だ。

「新しい生活かぁ……」

九十九はなんとなく口にしてみた。

それを聞いていた小夜子と将崇にも、考えるところがあったようだ。それぞれに息をついた。

「まあ、なんとかなる」

言い切ったのは将崇だった。

「俺は爺様のいる里で育ったからな。松山に来たころは見たことがないものばかりだったんだ。すぐに帰ってやろうと思っていたが……まあ、その。今は一応……楽しくないわけではないからな！」

将崇は人間に化けた狸である。転校してくる前は狸の里で暮らしていた。なんだかんだと一悶着あったが、現在は学生生活を満喫している。

新しい生活というものを、この中で一番強く体感しただろう。そんな彼にとっては、高校から大学へあがる変化など些細《ささい》なものかもしれない――いや、違う。将崇は人間の高校生活を通して、自分がやりたい将来を見つけた。それは明らかな彼自身の変化だ。

「将崇君は頼もしいね」

お世辞のつもりはなく、九十九は心からそう思った。

将崇はたくましい。わからないながらに、人間の生活に馴染もうと努力している。そんな将崇を九十九はまぶしくも思えるのだ。

「里って、言い方すごくない？　刑部の実家って、どんだけ山奥なん？」

将崇の正体を知らない京だけが細かい言い回しに疑問符をつけている。将崇は「え、えっと……里は、里だ……！」と、しどろもどろだった。

「ふうん……ゆづや朝倉《あさくら》は気にならんのや？」

そう問われて、内心どきりとした。

この中で、将崇の正体を知らないのは京だけである。

いくら将崇の変化が完璧であっても、会話をしていると一般的にズレていると思われることは多々あった。誤魔化したり、九十九や小夜子がフォローするが、どうしてもむずかしい。さすがの京でも、薄々変だと感じているかもしれない。

京だけ……仲間はずれ。

そういった思いが九十九の胸にのしかかった。

「お待たせしました、ランチセットです」

そんな会話を遮るように、ランチが運ばれてきた。

このランチを食べるのが楽しみだった京は、目を輝かせている。将崇の「里」のことなど、すっかり頭から抜け落ちている様子だった。

京は基本的に細かいことは気にしないタイプだ。

考えすぎだったか。

九十九はホッと胸をなでおろした。

「一回食べてみたかったんよね！　めっちゃ美味しそう！」

京が叫んだ通り、ランチは美味しそうだ。今日は合格祝いの打ち上げランチなので、いつもよりも奮発した。

石挽《いしびき》豆腐のランチである。

ふわふわの豆腐がご飯の上にかかっていた。豆乳のスープや付け合わせも魅力的だが、まずはメインの石挽豆腐に引き寄せられる。

愛媛県産の大豆を石臼ですり潰し、それを絞って豆腐にするのだ。お店の中からも外からも作業の様子が見える。オープンな調理スペースでは重そうな石臼を、男の人がずっと回している。

期待を胸に、まずは一口目。

九十九は、なにもつけないまま豆腐を食べる。

大豆そのものの濃厚な甘みと、ヨーグルトのような滑らかさが舌でとろけた。嫌な苦みや雑味など一切ない。温かいご飯との相性もよかった。

塩と醤油、柚子七味も用意されているので、少しずつ使って食べ比べる。

塩は豆腐の優しい甘みが引き立って、全然違った印象になった。

醤油はそれ自体が甘いタレのようで、ご飯との親和性が高くなる。

丼の端に添えられた柚子七味は、柚子の風味と辛味が楽しめて、違う食べ物みたいになった。

「でも、やっぱりそのままが美味しい！」

九十九が笑顔で言った隣で、京は豆腐全体に塩をかけていた。

「いや、塩やろ。豆腐が甘くなるし」

将崇と小夜子も、それぞれ顔を見あわせていた。

「醤油が一番、全体の味が引きしまってると思うぞ」

「私は……柚子七味が面白いって思うよ」

それぞれに違う味の好みを主張して、自分の豆腐を食べている。

三者三様、ではなく、四者四様。みんな好みがきっぱりわかれてしまった。

「一致せんねぇ！」

京が大きめの声で言った。気が悪くなったわけではない。楽しそうに笑いながらランチを食べている。

実際、九十九も楽しかった。

みんな一緒がいい。

けれども、それぞれの個性を感じられるのも、とても面白かった。同じことをしていても、各々に違うのだ。

それは進学先の話だって一緒である。

これから、みんなバラバラになっていくけれど、寂しくなんてない。きっと、それぞれの場所で、それぞれの出会いをする。そして、そこでの体験だって、みんな一緒ではない。同じ学校、同じ学科で学んだって、みんな違うのだ。現に同じクラスだった九十九たちは、みんな違う。

「でもさ、それでいいよね」

九十九はお豆腐をそのままパクリと食べる。

みんなも同じように、好きな食べ方をした。一口の大きさも違うし、食べる速度も違う。

しかし、全然気にならない。

「美味しいね」

噛みしめながら出た言葉はシンプルだった。

きっと、大丈夫。

しかし。

「でも……寂しくなるね」

ポロリとこぼれ落ちるような言葉だった。

みんなは大丈夫。新しい生活になっても、やっていける。

それはわかっていた。

だけど、これも正直な言葉である。

九十九の一言で、みんなが黙って箸を置いた。

シンと静まって、なんだか気まずい。こういう空気を作りたかったわけではないので、申し訳なくなってくる。

「ごめんね！　こんな話なんてしたくなかったよね——」

「ほうよ。寂しくなるけん、みんなで卒業旅行しようや！」

突然、前のめりに身を乗り出したのは京だった。京は机をバシバシと叩き、スマホを操作しはじめる。

「卒業……旅行……？」

その発想がなかった。みんな同じ気持ちだろう。

「卒業旅行にしては近場かもしれんけど、大洲《おおず》とか八幡浜《やわたはま》とか手軽やない？　ゆづは近いほうがええやろ？　朝倉も実家、向こうやったよね？」

京は自信満々の笑みで問う。ドヤ顔とは、こうするのだ。と、お手本を示しているようだった。

しかしながら、京の言う通りである。九十九は長い間、旅館を離れたくない。旅行と言っても、県内のほうが助かる。

「でも、どこがいいかな？」

スマホで検索をしながら、小夜子がにこりと笑う。

「南予《なんよ》だったらバスもいいけど、ＪＲで行けば速いよ。海辺を走るから景色が綺麗だよ」

検索結果に写真がいくつも出てきた。たしかに、海岸線を列車で移動するほうが楽しそうだ。

大洲もいいが、八幡浜まで足を伸ばしてもいいかもしれない。悩ましかった。

「俺は……この、どーや市場っていうのに行きたいぞ……いや、別に行きたくなんか！　魚になんて興味ないからな！」

「刑部さぁ。そこ、ツンデレ入れるとこじゃなくない？　素直に料理人になりたいから、市場で魚が見たいって言えばええやんけ。今は行き先決めよるんやし？」

「つ、ツンデレってなんだよ⁉」

「刑部みたいなヤツんこと」

「なんだと⁉」

京にいじられて、将崇が顔を真っ赤にしている。九十九も小夜子も、そのやりとりを笑って見ていた。

なんとなく、行き先は八幡浜で決まりそうだ。

そういえば、九十九は旅行なんてあまりしたことがない。修学旅行くらいか。

楽しみだ。

こうやって予定を立てて、期待をふくらませていると、この時点ですでに楽しい。ずっと遊んでいたいと思った。

普段、九十九は旅のおもてなしをする側である。

なんだか新鮮だった。

2

友達と卒業旅行をしたい。

九十九は最初に、経理室で番頭の八雲に相談することにした。小夜子も将崇も湯築屋の戦力である。従業員にうかがいを立てるのが筋だろう。

「九十九。儂も！　儂も！　何故《なにゆえ》、儂ではなく八雲に相談なのだ！　まずは、儂を旅行に誘うべきであろう？」

「そういうことを言うから、シロ様には相談しないんです！」

「どういうことなのだ！」

「見ての通りの、こういうことですけど！」

八雲に対して相談を口にした途端、どこからかシロがわいてきた。シロはいつだって九十九を見ているため、予測はしていたが……いきなり現れて絡まれると、とても面倒くさい。いや、もっと短い言葉を使うなら「ウザい」。

九十九の肩にシロがベタベタと抱きついて、ブラーンブラーンと体重をかけられる。すると九十九は、うしろ向きに倒れそうになった。子供か！

「儂も行くのだ！」

「卒業旅行って言ってますよね。それに、シロ様は結界の外に出られないでしょ」

「気分だけ！　気分だけ！」

「どうせ、使い魔でストーカーするくせに」

「遠くから見るのと、膝の上で旅を満喫するのでは大違いなのだ」

「だから、友達も一緒なんですってば」

「儂は九十九の夫なのに」

「友達同士の旅行に、旦那さん連れて行かないですよね？」

「ぐ……」

九十九は大きすぎるため息をついた。

どうしようもない駄目夫だ。なんで、これが九十九の夫なのだろう。神様なのだから、もっと威厳を持ってほしい。

湯築屋に来る神様が、みんな威厳があるわけではない。しかし、ちょっとくらい望むのは悪い願望ではないはずだ。

「すみません、八雲さん……やかましくて」

「いえいえ、若女将。いつものことですよ」

九十九は申し訳なく思いながら、八雲に頭をさげる。うしろでシロが「やかましい？儂のどこが！」と抗議しているが、無視だ。「やかましい＝自分」だと察したのだけは褒めてもいいだろう。

「業務はなんとかしますから、行ってきてください」

ひかえめだった九十九に対して、八雲は事もなげに了承してくれた。

「でも、小夜子ちゃんや将崇君も一緒で……」

「碧さんとコマがいれば大丈夫です。幸一君もいますし……あと、シロ様も」

頼もしい。八雲の優しい笑顔が輝いて見えた。

「ありがとうございます……！」

九十九は素直にお礼を言いながら、頭をさげる。シロが足元で転がりながら、「狸は一緒なのに、儂が行けぬのは何故なのだ！」と駄々をこねていた。スーパーでお菓子を買ってもらえなかった子供だろうか。

「シロ様、しっかり八雲さんたちの迷惑にならないように働くんですよ。八雲さん、シロ様をよろしくおねがいします。なんでも言いつけてください」

「どうして、儂だけそういう扱いなのだ。敬おうと思わぬのか」

「こんな五歳児みたいな神様、敬えません」

「五歳児？　儂、うん千年も生きておるのに！」

ああ言えば、こう言う。

九十九はまとわりついてくるシロを引き剥がそうと努力した。

「そういえば、若女将。旅の行き先はお決まりですか？」

八雲が思い出したように質問した。

「八幡浜です。駅弁買ってJRに乗ることにしました」

「八幡浜……伊予灘《いよなだ》ものがたりですか？」

「伊予灘ものがたり……あ！」

どうして思いつかなかったのだろう。

すっかり失念していた。

「そっか！　伊予灘ものがたり、ありますよね！」

伊予灘ものがたりは、いわゆる観光列車である。

JR四国が運営している、松山・八幡浜間を往復する旅列車だ。大洲編、双海《ふたみ》編、八幡浜編、道後編の四区間がある。

列車は伊予灘の穏やかな海沿いを走り、車内で食事や喫茶が楽しめるようになっていた。料理は地元のレストランから提供されており、季節の食材が中心である。特定の駅や区間では、地元の有志や職員によるおもてなしもあるらしく、大変評価が高かった。県内だけではなく、県外からも訪れる人がいる。

「少々お待ちを」

八雲はそう言って自分のデスクを探しはじめた。

彼のデスクはよく整理整頓されており、すっきりしている。引き出しを一つ二つ開けると、目当てのものはすぐに出てきた。

「これ、フジの景品で当たったんです」

フジとは、愛媛県松山市に本社を置くスーパーマケットのチェーンだ。中四国に百店舗近く展開している。

愛媛県民ならお馴染みの店であった。店内で流れるオリジナルテーマソングは、県民の身体にしみついている。

フジでときどき景品の抽選があるのは知っている。道後温泉のホテル宿泊券などがよく景品になっているが……。

「八雲さん、これ……」

当たっていたのは、伊予灘ものがたりの乗車券だった。しかも、ファミリープランなので四人まで使える。

「申し訳ないのですが八幡浜までの片道券です。帰りは普通のJRに乗ってください」

「え、いいんですか？　わたしたち、乗車券なら自分で買いますよ……！」

「私が一人で使うより、みなさんで利用したほうがいいですよ。浮いたお金で、美味しいものでも食べてください」

「そんな、一人でなんて……碧さんと一緒に小旅行してもいいじゃないですか」

「いえ、碧さんと二人はさすがに恐ろし——いやいや、せっかくだから若女将が使ってください」

八雲は爽やかに笑いながら、九十九にチケットをにぎらせる。

なにか言いかけてやめたような気もしたが……碧については幸一も密かに恐れている話を聞いた。

大晦日に大年神《おおとしのかみ》との羽子板対決を見たあとは、将崇も震えている。お客様たちも、「あの仲居頭はとてつもない」と一目置いているようだ。

うん……触れないでおいてあげよう。

「本当にありがとうございます！　絶対、お土産買ってきますね！」

九十九は素直に、伊予灘ものがたりの乗車券を受けとった。あとで、小夜子や将崇にも知らせよう。京も絶対に喜ぶはずだ。

ささやかな小旅行。

ますます楽しみが増えた。

「四人なのか？　九十九、儂の席は？」

「シロ様……せっかくの旅行気分に水を差さないでいただけますか？」

「辛辣《しんらつ》ではないか。近頃は、少しばかり丸くなったと感心しておったのに！」

「それが気のせいだったんですよ。はい。では、お仕事に戻りますよ！」

「儂も行くのだ」

「もう。ついて来るなら、お手伝いしてくださいってば！」

「それとこれとは、別である」

「別じゃありません」

まとわりつくシロを鬱陶しく振り払いながら、九十九は仕事に戻るのだった。

3

晴れてよかった。

心からそう思いながら、九十九は路面電車からおりる。まだ肌寒いけれど、春先のいい陽気だった。

目の前にあるのはJR松山駅だ。

松山市には「松山」を冠する駅が二つある。「松山駅」と「松山市駅」だ。同じ駅名に見えるが、場所はだいたい一駅分も離れている。歩いて移動しようと思うと十分はかかるので、間違えないのが大事だ。

松山駅はJRが運営している。一方の松山市駅は伊予鉄道が運営する私鉄の駅だ。伊予灘ものがたりは、JRの運行なのでこちらから乗る。

「九十九、九十九」

いい天気だなぁ……と感慨にふけっている九十九の足元に、真っ白い犬がすり寄ってくる。もふもふとした尻尾を左右に激しくふりながら、舌を出してこちらを見あげていた。

だが、九十九はシレッと視線をそらす。

「九十九ぉ！」

「黙ってくださいよ。誰かに聞かれたら、どうするんですか！」

「わん！」

「犬ですか……今は犬でしたね」

無視しようとしたのに、当然のように声をかけられてしまった。おまけに前足ですがってくる。

シロの使い魔だ。いつも、いろんな動物の姿になって九十九を見守って……いや、ストーカーしてくる。今日は犬のようだ。

今回もついてくると思ったが、こんなに鬱陶しく話しかけられるとは予想していなかった。普段より激しい。

「今日はお友達との旅行なんです」

「きゃぅん」

強めに言うと、シロの使い魔はあからさまに項垂《うなだ》れる。

「う……」

中身はどうあれ、見た目はもっふもふの白犬だ……こんな風にしょんぼりされると、良心が少しも痛まない九十九ではなかった。

やりにくい。非常に、やりにくい。

使い魔の容姿を笠に着るなど、卑怯である。

「ゆづー！　遅い！」

松山駅の正面から、京が手をふっている。小夜子や将崇も、すでに到着していた。つまり、九十九が一番最後である。

九十九はシロの使い魔が気になりつつ、みんなのところへ歩く。

「ごめん」

謝りながら合流すると、小夜子がにっこりと笑ってくれる。

「九十九ちゃん、大丈夫だよ。今、集合時間ピッタリだから……みんなが早くついちゃっただけ」

「でも、待たせちゃったし」

実は旅行など滅多にしないため、なにを持っていけばいいのかわからなかった。一泊二日なのに、真剣に悩んだと思う。

洋服はお洒落にしたい。でも、たくさん歩くかもしれないから、靴はスニーカーで……だったら、カジュアルなほうがいい。でもでも、スカートも穿きたい。キュロットならいいかな？

などと迷っているうちに夜が更けてしまった。起きたら、予定よりもほんのちょっぴり寝過ごしていて、この時間だ。

それでも時間通りだったのは間違いない。小夜子の言う通り、みんなが早く来てしまっただけのようだ。

「別に楽しみだったとか、思ってないからな！　お前らなんて、ついでだ！」

将崇が腕を組みながら強めに主張する。

「刑部ぇ……だから、その無駄ツンデレはいらないから。素直に、みんなで旅行するのが楽しみすぎて一時間も前に到着しましたって言えばええんよ？」

「な……バラすなって言っただろッ⁉」

「素直じゃないからですぅ」

「お、お前だって！　俺と同じくらいの時間だっただろう！」

京と将崇が仲よく言いあっているのを聞いて、九十九は瞬きする。

「京もそんなに早く来てたの？」

意外だった。

学校での京は、いつも遅刻ギリギリだ。面倒くさがりで、適当な性格だった。負けず嫌いで一途なところもあるが、待ち合わせの類で早めに来るなんてあまりない。何事にも遅刻することはないが、たいていギリギリを攻めてくる。

京は軽く目を泳がせて、頭のうしろで両手を組んだ。

「別にいいやん……うち、九十九と旅行なんて初めてやけん。修学旅行とは、なんか違うやろ？」

「あ……」

九十九と京はずっと同じ学校だった。当然、修学旅行は同じ場所へ行ったのだが……たしかに、個人での旅行なんて初めてだ。

それは九十九にとってだけではない。

京にとっても、「九十九と一緒の旅行」が初めてなのだ。

たとえ県内で一泊二日の小旅行だったとしても。

「ごめんね、京」

「ええんよ」

以前、京に怒られたことがあった。

九十九は旅館の仕事ばかりで、京とあまり遊んでくれない。それで拗ねて喧嘩してしまった。

あのときは、お客様だった天宇受売命《あめのうずめのみこと》が取り持ってくれた。本当に感謝している。

それから九十九は時間の使い方を見直すようになったのだ。できるだけ自分の時間、そして、京との時間を大事にしてきたつもりである。

あれは単なる京のわがままだと、九十九は思っていない。

もっと、今しかできないことを大切にしよう。そういう気持ちを九十九に思い出させてくれた。今までおざなりにしていたものを、京に教えてもらったのだ。

そう思っている。

「わたしも楽しみにしてたから、嬉しい」

「うん、わかれば……ええんよ」

京は照れくさそうに笑いながら、「じゃあ、ホーム行くで。列車の写真も撮りたいし！」と宣言する。九十九も穏やかな気持ちで、京について歩く。

「すみません。ペットは……」

改札を通ろうとすると、おもむろに呼び止められた。

足元を見ると、シロの使い魔が当然のように歩いている。

「わんっ！」

「……………」

尻尾を左右にふりまくる姿は、まさに湯築屋で留守番しているシロを想起させる。可愛くて憎めない見目だが、確実にあの駄目夫の面影が見えた。

「いえ、知らない犬です」

心を無にしながら九十九が言い切ると、使い魔はがっくりと項垂れた。同乗できないのだから仕方がない。我慢してもらおう。

どうせ、別の動物になって追いかけてくるはずだ。遠足や修学旅行のときもそうだった。だから、大丈夫。

悲しそうにシロの使い魔が引き返していくので騙されそうになるが、中身はシロである。問題ない。

「ねえ、ロゴ可愛い！」

駅の中には、伊予灘ものがたりのシンボルロゴを用いた看板や飾りがいろんな場所に設置してあった。

ロゴは伊予灘の海に沈む夕日をイメージしている。茜《あかね》と黄金《こがね》の色合いがレトロモダンで可愛らしい。

列車が来る前から、京はスマホでずっと写真を撮っていた。

「なあなあ、ゆづ見てや。ゴミ箱まで伊予灘ものがたり仕様やん！」

「うん、そうだね」

「あ、こっちも！」

「京、列車来る前からはしゃぎすぎ」

やがて、優しいメロディがホームに流れはじめる。

線路の向こうから、黄金色の車両が近づいてきた。駅員とスタッフがホームに並び、手をふって車両を出迎える。

「めっちゃ可愛いやん！」

伊予灘ものがたりの車両である。

茜色の車両と、黄金色の車両の二両編成だった。

それぞれに「茜の章」、「黄金の章」という名前がつけられている。伊予灘ものがたりという名の通り、この列車での旅は「物語」というコンセプトだった。

九十九たちが利用する松山・八幡浜間の路線は「八幡浜編」と呼ばれている。帰りは「道後編」だ。他にも、距離が短い「大洲編」と「双海編」もあった。

座席はすべて指定席で、九十九たちには茜の章のボックス席が割り当てられている。レトロモダンな見た目の車両は期待を裏切らず、中もテーマが統一されていた。

上品な緑のソファに、茜色のクッションがよく映える。照明には和紙が張られ、木材を多く使用した内装にも温かさを感じた。和とレトロなお洒落さが調和した空間に足を踏み入れると、九十九の心も躍る。

松山市内を走る路面電車の雰囲気も好きだが、それとは違った趣だ。

これから素敵な旅がはじまるはず。

そんなワクワクがつまっていた。

「こっちの席は海が見えるらしいな」

席に座りながら、将崇がつぶやく。よく見ると、観光案内のパンフレットやガイドブックを束にして持っており、それぞれに大量の付箋《ふせん》がついている。

「将崇君、予習ばっちりだね」

「な……！」

将崇は慌ててパンフレットで顔を隠した。恥ずかしいようだ。

「お前らが当てにならないと思ったからな！　こういうのは、男がしっかりするもんだって爺様も言ってた！　あと……予習不足で焦るのは懲り懲り、いや、弟子に示しがつかないからな」

「ありがとう」

「当然のことなんだからな」

将崇はなんだかんだと言っても勉強家で努力家だ。

学校の勉強だってみんなの何倍もしていた。料理がしたいと決めてからは、毎日研究しているらしい。

ときどき失敗している話も聞いたが、将崇の料理は美味しい。いい料理人になると幸一も評価していたし、九十九もそう思う。

列車はすべて指定席だが、この日は満席のようだった。

普通の列車と違って、乗客はにこやかなお喋りに興じている。あまりうるさくするのはマナー違反だが、それぞれに楽しむのは大丈夫そうだった。

「ねえねえ、お姉さんのエプロンめっちゃ可愛くない!?　すご！」

「茜色と黄金色だねー」

「なんか、全員美人さん！　すみませーん！　一緒に写真撮ってください！」

観光列車なのでスタッフもたくさん乗っているのが新鮮だった。

はしゃいで写真を撮りに行った京の言う通り、制服として着用しているエプロンがとても可愛い。なるほど……湯築屋の前掛けも、あんな風に可愛いデザインにしてもいいかもしれない。

「九十九ちゃん、今、湯築屋のエプロン変更しようかなって思ってたでしょ？」

「あ、バレた？」

「そうかなぁって」

「小夜子ちゃんには九十九には隠せないなぁ」

小夜子には九十九の考えていたことが筒抜けだったようだ。

二人で顔を見あわせて笑っていると、京が「なあなあ、写真ＯＫやって！　ゆづたちもおいでよぉ！」と手をふった。

そんなことをしている間に、列車は発車する。

ホームに並んだ駅員たちが、みんな笑顔でお見送りをしてくれた。「いってらっしゃい」の横断幕まであり、心が温まる。

流れる景色だけではなく、ガタンゴトンと鳴る走行音や、一定のリズムで訪れる揺れが心地よい。

「ただいまより、お食事をご注文のお客様へ配膳をいたします」

しばらくもしないうちに、食事の配膳がはじまる。昼過ぎの出発だったため、これでも遅めのランチタイムだ。

カートにのせられた松花堂弁当を、スタッフがお客様に提供していた。

所作がていねいで、言葉遣いも綺麗である。しっかりとした接客でおもてなしをしようという気持ちが伝わってくる。

自分がいつも接客する側なので、ついそういう目線で見てしまった。職業病かな？　飲食店でも、店員の「ありがとうございました！」の声に反応して、自分も頭をさげることがあった。

「や、やば！　やば！」

配膳してもらった松花堂弁当を見て京が興奮していた。なんだか、ＪＫモードのツバキさんみたいだ。

しかし、京が興奮するのも納得する。

松花堂弁当と名前はついているが、八幡浜編の食事は松山市のフレンチレストランが手がけている。

分厚いローストビーフや、彩りが美しい春野菜のスープ、鰆《さわら》のパイ包み焼きなどが目を引いた。季節によって食材やメニューが変わるらしい。

「お、お箸で、ええんよね？」

京がかしこまっているので、こちらまでおかしくなってしまう。

「お弁当だし、お箸でいいと思うよ。それとも、ナイフとフォークも持ってきてもらう？」

「ううん、そういうの無理！　いや、使えるけど。お箸があるんなら、お箸がええわい」

料理はどれも美味しい。少しずつ盛られたひと品ひと品が上品だけれど、食べるのが楽しい。まるで、ピクニック気分である。

「ああ～。うち、これより美味しいもの食べたことないかもぉ？　ローストビーフ最高にやわらかくて、いい！」

「本当、やわらかい……！　こっちの伊予柑《いよかん》ソースもすごく美味しいよ。クリームみたいなのに、甘くて爽やか……」

「ほんとよ。すごい。これマジで伊予柑なん？」

「美味しいね……ね？　将崇君も、そうだよね！」

「…………」

感激している隣で、将崇だけは黙々と口を動かしていた。そして、ときどき手元に置いたメモ帳になにかを書き込んでいる。きっと、料理に夢中なのだ。さすがは、料理人志望である。

美味しい料理を食べながら、車窓を流れる景色を楽しむ。

日常から離れて味わう非日常。完全に切り取られた時間のように思えた。

なんだか観光列車なんて高校生には分不相応かと思ったが関係ない。

「ねえ、やば。ゆづ、やば。海綺麗やけん見て！　あ、ねえねえ！　菜の花もいっぱい咲いとるよ！」

「見てる、見てる。すごい綺麗！」

「なんかテンションあがらん？」

「うん！」

料理を食べ終わった頃合いに、海の景色が見えた。下をのぞきこむように見おろすと、沿線は菜の花で埋め尽くされている。

伊予灘の海岸沿いを走るこの列車は右に海、左に山。二つの景色にはさまれているのだ。線路に沿うように走る道路には、車を止めてこちらを見あげる人々もいた。一眼レフのカメラも見える。

今の時期は菜の花に囲まれて走る伊予灘ものがたりを撮るのに、絶好なのだ。地元の人ばかりではなく、鉄道マニアにも人気のスポットらしい。

『次は下灘《しもなだ》駅に停車いたします。音楽が鳴りましたら発車の合図ですので、どうぞお乗り遅れのないよう、おねがいします』

アナウンスがあると、京が「ねえ、おりようや！」と騒ぎ出した。何駅か停車駅があるのは知っていたはずなのに、やはり目の前に海があるとテンションが変わるらしい。

京は五色浜へ行ったときも、楽しそうだったっけ。海、本当に好きなんだな。

九十九はおりる準備をしようと、海から視線を外す。

不意に反対側の車窓が見えた。

進行方向左側は山の景色が流れ、緑豊かでのんびりとしている。

その中で一点……真っ白な鳥に視線が引かれた。

「…………」

白鷺だ。

決して珍しい鳥ではない。

小さな畑に白鷺がたたずんでいる。列車の景色はすぐに移り変わるため一瞬だったが、なんとなく目にとまった。

どうして、白鷺が気になってしまったのか。

妖《あやかし》や神様など、妙な感じもしない。白い生き物だが、あれはたぶんシロの使い魔でもないだろう。

普通の白鷺なのに……考えて、シロからもらった羽根を思い出す。田道間守《たぢまもり》に渡した羽根の片割れだ。九十九は今でも、家の引き出しに仕舞っていた。

シロの背中に生えていた不思議な翼から落ちた羽根である。真っ白で軽くて、強い神気を宿していた。

だから白鷺が気になったのだ。

九十九はそう結論づけた。

他にもなにかあるような気がしてならないが……。

『下灘に停車いたします。お乗り遅れのないよう、よろしくおねがいします』

アナウンスがあって、列車が停車する。

下灘駅での停車時間は長くない。京がウズウズした様子で立ちあがった。

列車から駅におりると、潮の香りがした。

春だが、まだまだ海風は冷たい。スプリングコートでは心許《こころもと》なく、一瞬、身が震えた。

だが、それ以上に目の前に横たわる景色に九十九は目を輝かせる。

「わあ……海、すごい……」

海がどこまでも広がっているような奥行きがあった。実際、今見ている下灘駅からの景色は瀬戸内海《せとないかい》で、向こう側には本州がある。そうとわかってはいるが、そういう錯覚をしてしまった。

いくつか島が見えるが、遠景でかすんでいる。どこかお伽《とぎ》の島々でもながめている気分だった。

下灘駅は日本一、海に近い駅だ。夕日のスポットとしても有名である。しかしながら、青空とのコントラストも大変素晴らしかった。

海を背景に停車する茜色と黄金色の列車は非常に美しい。京が興奮しながらスマホで写真を撮っている。

「やっぱ！　これ、映《ば》えやん！　映えってやつやん！」

「京、インスタは面倒だからやらないんじゃなかったの？」

「それとこれとは、別やけん」

たしかに、こういうのを「インスタ映え」と呼ぶんだろうなと思う。ツバキさんが非常に好きそうである。

下灘駅では地元の人々が出迎えてくれていた。また、一眼レフをさげた人も多く、みんなが伊予灘ものがたりを待っていたのだとわかる。

シロ様にも見せたいなぁ……。

いつもあまり写真は撮らないけれど、九十九もスマホのカメラを起動させてみた。せめて写真でいいから、シロに思い出を持ち帰ろうと思ったのだ。どうせ、使い魔がその辺りで見守っているのだろうが。

しかし、慣れていないので、どうやって撮るのがいいのかまったくわからない。カメラの画面をのぞいてみるが、どうすればこの景色の素晴らしさや雰囲気が伝わるのだろう。

なかなか上手くいかないものだ。

「九十九ちゃん、せっかくだから一緒に写真撮ろうっか」

試行錯誤していると、小夜子が九十九の手を引いた。

京も手招きしている。

将崇が伸縮性の自撮り棒を取り出した。誰も持っていなかったアイテムなので、ちょっと意外である。

「こんなこともあろうかと思って用意しておいたんだぞ。感謝しろ！」

将崇は胸を張りながら笑っていた。

「刑部の無駄ツンデレと、無駄威張りのポイント。ほんと、ようわからんわぁ」

京から無駄ツンデレ、無駄威張りと括《くく》られて将崇は「む、無駄ぁ!?」と声を荒らげる。

だが、楽しい雰囲気を壊そうという気はないようだ。というより、おおむねいつも通りである。

「はい、寄って寄って」

四人が画面におさまるために、中央へ寄る。自撮り棒のおかげで、そこまで密着しなくてもよかったけれど、距離は縮まったと思う。

四人の笑顔と、観光列車に海。

いい写真だと思う。

九十九が一人で四苦八苦した写真よりも、とても綺麗だ。構図や写りの問題ではない。みんながいい笑顔なのが、とても好ましかった。

「あとで送るけんね」

「うん、ありがとう。京」

列車の発車時間が近いが、九十九はふと辺りを見回した。

そして、動く白い影を発見する。

話し込む京たちを横目に、九十九は駆け寄った。

「シロ様」

ベンチの下に隠れていたのは白い猫だった。

もちろん、シロの使い魔である。松山駅では追い返されてしまったが、ずっと九十九たちを追ってきていたのだ。

「なんだ。九十九たちは友人同士で楽しむのであろう?」

あ、拗ねてる。

松山駅で冷たくあしらったのを根に持っているらしい。そうだろうとは思っていたが、実際に拗ねられると、やはり面倒くさいと感じてしまう。

「列車に乗るわけにはいかないじゃないですか。それに、どうせ、ついてくるのは、わかっていましたし……それより」

九十九はそっぽを向く白猫を抱きあげた。使い魔は「みゃ!?」と変な声で鳴きながらも、九十九の腕の中におさまる。

ベンチに座った。

下灘駅名物の「らぶらぶベンチ」である。

椅子がV字型の斜面になっており、二人並んで座ると自然に真ん中でくっつくという構造になっていた。夕日のスポットとして有名な駅ならではのお遊び要素だ。

白い猫を胸の辺りで抱いたまま、九十九はスマホのカメラを起動した。

「一緒に……写真撮りましょう。せっかくなので」

自撮り機能を使って、九十九はアングルを調整する。なんだか恋人みたいで気恥ずかしいが（いや、夫婦だけど）、今は猫の使い魔なので問題ない。

タイマーモードを設定する。

「らぶらぶベンチとは……九十九も、ようやく儂とイチャイチャする気になったのか」

「もう！　猫だからいいんです！」

「なるほど……これが無駄ツンデレというものか」

「へあ!?」

シャッターが押されるタイミングでシロの使い魔がそんなことを言うものだから、九十九は表情を崩してしまった。なんとか手ぶれは阻止したが、明らかに動揺している顔が写し出されている。

「シロ様、変なこと言わないでください！」

「突然、優しくされたからな。儂の心はもてあそばれておるのだ。我が妻は魔性の女であるな……」

「言い方！　シロ様、言い方！　も、もう一回撮りますよ！」

だが、カメラを構えようとした途端に「ゆづ、もう電車出るよー！」と京が声をかけてきた。発車を知らせるメロディも流れている。早く列車に戻らなければ、置いていかれてしまうだろう。

シロの使い魔は九十九の膝から飛び降りながら、こちらをふり返る。

「九十九よ、あとで儂にその写真を献上するのだ」

そう言いながら、シロの使い魔は駆けていった。

九十九も列車に遅れないよう、走って戻る。

「献上って……」

シロは神様なのだから献上でもいいような気がするが、自分で言うかなぁ？　シロの言い回しがいちいち気になりながら、九十九は列車に乗り込む。

時間はギリギリだったようで、背中で扉がピシャッと閉まった。危ない。他の乗客たちに迷惑をかけるところであった。

手元のスマホを確認し、先ほどの写真を表示させる。

シロ様と、もう一枚撮りたかった……。

恥ずかしさのわいてくる写真だ。

けれども、どういうわけか。

なんだか楽しかったなぁ。

そのような思いも強く感じる。

いい角度やお洒落な写真は憧れるけれど、こちらのほうが思い出の情景に近い気がするのだ。

シロとの思い出である。

これから、写真をたくさん撮るのも悪くない。

そう思う九十九だった。

4

松山を出発して走る伊予灘ものがたり八幡浜編は、二時間半程度の旅である。

伊予灘の美しい景色とレトロモダンな列車、美味しいお料理やおもてなしを満喫する旅は、あっという間に終わってしまう。

途中、何駅かで地元の人が手をふってくれるおもてなしがあった。どこでも温かく迎えてくれて、本当に心が和む。

五郎《ごろう》駅では駅長が狸の着ぐるみで、車窓越しのハイタッチまでしてくれた。何度も何度も走って列車を追い抜いて手をふる姿は笑ったが、将崇だけは「がんばれ！　がんばれ！」と真剣なエールを送っていた。五郎は狸に縁深い逸話が残る町だ。感じるものがあったに違いない。

そして、最後に迎えてくれた土地は八幡浜市である。

愛媛県南予の市だ。山と海の見えるのどかな町だった。県庁所在地の松山市と比べると建物や人も少ないが、駅の周辺は充分に活気がある。

「とりあえず、ホテル行こやぁ」

「うん、荷物置いてからご飯食べよ」

それで意見が一致していた。

ホテルは駅から歩いて行ける範囲である。部屋は女子三人と、将崇は一人（一匹）で予約してあった。

「夕ご飯は八幡浜ちゃんぽんにしようやぁ！　うち、ここ食べたい」

京はスマホを示しながら笑った。まだホテルについていないのに気が早い。足どりも軽く、スキップなどしていた。

八幡浜ちゃんぽんは、八幡浜市のソウルフードだ。

昔から八幡浜は九州や関西との海上交易が盛んな商業都市として栄えてきた。様々な文化の交差点とも言えるだろう。ちゃんぽんも、そのような文化が生み出したものの一つと言われている。

豚骨ベースの長崎《ながさき》ちゃんぽんに対して、八幡浜のちゃんぽんは鶏ガラ・昆布・鰹だしなどを使った黄金スープが基本になっている。もちろん、たっぷりの具材も忘れてはならない。

ちゃんぽんの町として、八幡浜市も大々的に宣伝している。

「…………」

一方で将崇は、先ほどからキョロキョロと周囲を見回している。くんくんと、鼻を動かしていた。

「どうしたの、将崇君？」

「……じゃこ天の匂いがする。揚げたての」

言われてみれば……する。

八幡浜は練り製品も盛んだ。今や、じゃこ天は愛媛県のソウルフードだが、発祥は八幡浜や宇和島を中心とする南予地方である。

元々は「皮天ぷら」と呼ばれていたようだ。愛媛県の久万高原《くまこうげん》天文観測館で発見された小惑星には「jakoten」という名がつけられるほどである。県民はじゃこ天を愛していた。もちろん、九十九も好きだ。お客様にも好評だった。

「あ、あれやない？」

実際、駅から歩いてすぐのところにも練り物店が見えた。当然のように、じゃこ天の看板が出ている。

「あそこにも見えるよ？」

小夜子がもう少し歩いた場所にも発見する。

見つける難易度が低すぎて、みんなで笑った。

「買っていこうか！」

せっかくだ。

じゃこ天は松山でも食べられる。高い代物ではないし、希少性もないが……せっかくなのだ。本場で食べたい。

九十九たちは店頭販売しているお店に入った。

「今、揚がったとこなんよ。食べてお行き」

じゃこ天を四枚注文すると、練り製品が並ぶショーケースの向こう側で女性が笑ってくれた。

愛媛県らしい方言だが、松山で聞くのとは少々イントネーションが異なる。

愛媛県は東予・中予《ちゅうよ》・南予に三分割され、それぞれで少しずつ文化が違うのだ。同じ県内に住んでいても驚くことは多い。

八幡浜は南予地方に属し、九十九たちが住む松山は中予地方である。

「ありがとうございます！」

九十九たちは揚げたてのじゃこ天を受けとって笑う。一人ずつ食べられるように、紙に包んでもらった。

「っつ！」

食べるために指でじゃこ天を押さえると、危うく火傷《やけど》しそうになった。本当に揚げたてだ。湯気をあげながら、ぷりんぷりんのじゃこ天が揺れた。

見た目は平べったく、地味な茶色の天ぷらだ。さつま揚げなどによく似ている。小魚を骨や皮ごとすり潰しているので、こういう色になるのだ。

食べると、蒲鉾《かまぼこ》のようなプリッとした歯ごたえ。そして、魚の旨味を凝縮した味が口で暴れる。じゃこ天だけを具にして炊き込みご飯を作る家庭もあるくらいだ。それくらい魚の味が濃い。

小骨のジャリッとした食感もたまらない。なによりも揚げたてはやわらかかった。ふわりとした軽やかさがあるのだ。

弾力のあるプリプリ感と、揚げたてのふわふわ食感。相反するはずなのに、口の中で見事に融合していた。

「美味しい……！」

小夜子が食べながら顔をあげる。しかし、じゃこ天があまりに熱かったせいか、眼鏡が曇っていた。その様がおかしくて、京が「ぷっ」と噴き出した。九十九や将崇もつられて笑ってしまう。

「も、もう……！」

小夜子が恥ずかしそうに眼鏡を外した。

九十九は眼鏡を使用していないが、小夜子を見ていると難儀しているようだ。冬場、湯築屋の結界を出入りするときも、よくレンズを曇らせていた。

「うち、揚げたてのじゃこ天より美味しいもの食べたことないかもぉ？　これ、この世の宝じゃない？　大海賊時代になるヤツ」

「京ってば、さっきの松花堂弁当でもそれ言ってたよね」

「あれはあれ、これはこれやけん！　どっちも宝なんよ！」

京は残りのじゃこ天を食べながら顔をほころばせている。

美味しいものを食べるときが一番幸せ。そういう顔だった。

「………」

シロ様と一緒に食べたいなぁ。

やっぱり、そう考えてしまった。

じゃこ天はいつでも食べられる。頼めば幸一が手作りしてくれるため、揚げたてだって大丈夫だ。

しかし、今ここで食しているじゃこ天の味は、他のどこにもない。今の瞬間にしか楽しめないのだ。

ここにシロがいれば、どれだけ嬉しいだろう。

シロと一緒に食べる味も、きっと美味しいに違いない。

揚げたてとは趣が変わってしまうが、また帰るときに立ち寄って、お土産にじゃこ天を買って帰ろう。少しでも思い出を持ち帰って、シロと共有したかった。

シロ様と、もっともっといろんなことしたいなぁ。

「なあ、ゆづ？　あの猫、さっきもおらんかった？」

京は不思議そうに、お店の外を指さした。ガラス越しには……シロの使い魔の姿が見えた。下灘駅に現れたときと同じ真っ白な猫である。

九十九は慌てて首を横にふった。

「え。そう？」

「うん。さっき、下灘駅でゆづが戯れてた子に、そっくりやん」

「そ、そそそ、そうかな⁉　似たような猫なんて、どこにでもいるよ……えっと、その

「……わたしが遊んでた子は、もうちょっと可愛かったよ」

なんとも苦しい言い訳だった。

京はそんな九十九の言葉に、「ふうん……そっか」と返す。次の瞬間には、残りのじゃこ天を口の中に放り込み、至福の表情になっている。どうやら、京の興味はじゃこ天に戻ったようだ。

九十九はホッと息をついた。

「こんにちはぁ。おばちゃん、いつものくれるかねぇ？」

九十九たちがじゃこ天を楽しんでいると、買い物客が入ってきた。

どうやら、地元の人らしい。主婦のようだ。お店の人も「わかっとるよ」と言いながら、「いつもの」を用意している。

「はい、これで全部？」

ふと、示されたじゃこ天の量を見て、九十九は咳き込んでしまった。

銀色のトレーの上に、じゃこ天が山盛りのっている。本当に山だった。いや、山である。

山だなぁ……。

練り製品の暴力。

あれを何人で何日かけて食べるつもりなのだろう。いくらソウルフードでも、松山ではあんなに食べる機会など滅多にない。

県内の光景なのに、カルチャーショックだった。本当に、同じじゃこ天を食べる文化圏なのだろうか。

お会計を済ませると、買い物に来た主婦は、にこにこと出ていく。

「じゃあ、また来週おねがいねぇ」

「はい、ありがとうねぇ」

あの量……来週には食べてなくなっちゃうんだ……九十九は苦笑いした。隣に座っていた小夜子や京も同じことを考えていたようで、二人とも固まっている。

まだまだ知らない愛媛の顔がありそうだと思った。

「八幡浜の人間はじゃこ天で生きているんだな」

と、将崇だけが感心したようにうなずいていた。

5

ああ、楽しいなぁ。

そう実感するのに時間はかからなかった。

就寝のベッドについて、九十九は目を閉じる。

隣では、小夜子がすでに寝息を立てていた。

伊予灘ものがたりに乗って八幡浜まで来て遊んだ。夕食に食べた八幡浜ちゃんぽんも美味しかった。

明日は八幡浜港にある道の駅「みなっと」で遊ぶ予定も立てている。海鮮市場の「どーや市場」もあり、たくさんのお魚やグルメを楽しめるらしい。八幡浜ならではの品物も買えると期待していた。

お仕事を頑張ってくれている従業員のみんなにお土産を買わなければ。拗ねているであろうシロにも必要だ。みんな、なにを喜んでくれるかなぁ？

一泊二日なんて長い間、湯築屋を空けるのは不安だった。

けれども、友達との時間を過ごせば……あっという間だ。「もう明日の夕方には帰らないといけないんだなぁ……」という気分になっていた。

明日が楽しみ。

反面で、残念な気持ちだった。

楽しい時間は、一瞬で過ぎていく。

「…………？」

小夜子とは反対側のベッド。京がごそごそと寝返りを打っていた。

眠れないのだろうか。

スマホの灯りが見えたかと思うと、這い出るように立ちあがった。

トイレ？　と思って声をかけなかったが、京はそのまま靴を履いて部屋の外へ出てしまう。鍵も持っていた。

どうしてしまったのだろうか。

九十九はなんとなく落ち着かず、時間を確認した。二十三時過ぎだ。外に出るには少し遅い時間である。

ジャケットは置いたままだし、ホテルの外には出ていないと思うが……将崇から、なにか呼び出されたのだろうか？

やがて、京が部屋を出て三十分以上が経過した。

ちょっと遅すぎる気がする。

九十九は心配になって、小夜子を起こさないようにベッドから起きた。靴を履いて外へ出ると、室内よりも廊下は少し寒い。身を小さくしながら九十九は廊下を歩いた。

京がどちらへ向かったのかわからない。とりあえず、フロントに行ってみようと、フラフラ歩いた。

「あ……」

ホテルのエレベーター横には、各階に簡単な椅子が設置されている。この階にも、古めだがソファタイプの椅子が置いてあった。

そこで膝を抱えてスマホを見ていたのは京だ。探していた本人に、こんなに早くも遭遇して拍子抜けだった。

「あれ、ゆづ？　どしたん？」

京はイヤホンを外しながら首を傾げる。

「いや……京がどこか行って帰ってこないから心配で」

「ええ？　ああ、うち普段はもうちょい寝る時間遅いんよねぇ」

疲れたけど、ルーティンはなかなか変えられない。そう言いながら京は九十九にスマホの画面を見せてくれる。

「今日の写真、整理しよったんよ」

「こんなに撮ったの？」

スクロールして見せてくれた写真の量にびっくりした。そういえば、なんだかんだと写真を撮っていたような気もしたが……。

「連写機能にしとるけんね。そのほうが撮り逃しないやろ？」

「ああ、なるほど」

たしかに、ほとんど似た写真だ。連写と聞くと、前後の写真が繋がっているのも理解できる。

「見てもいい？」

「ええよ」

「その前にラウンジにでも移動しようっか」

「ああ、ええね」

廊下で話していては、声が響いて他の宿泊客に迷惑だ。二人はエレベーターをおりて一階のラウンジへ移動した。

九十九は改めて京からスマホを受けとり、一枚一枚ながめる。

松山駅の写真。列車の外観。車窓の景色。食べた料理。みんなの集合写真。途中の停車駅。八幡浜駅。じゃこ天。ホテルの外観。商店街の様子。八幡浜ちゃんぽん。ホテルで遊んでいる写真……。

いろんな思い出が一緒にわいてくる。

もちろん、九十九の中にも鮮明な記憶があった。この日のことは一生忘れないはずだ。

しかし、写真という記録として並べて見ると、また違った印象だ。

知らず知らずのうちに、「ふふ……」と笑みがもれてしまう。

「これ、ベストショットやろ? 狸駅長を応援しすぎて前のめりな刑部。窓に顔のあとついて、酷かったなぁ」

「ほんと。このときの将崇君、面白かったね」

「こっちは傑作！」

「すごい。プロの写真みたい」

「やっろぉ～？　うち、天才やけん」

「調子乗りすぎ」

京と一枚一枚めくりながら、九十九も楽しんだ。

ああ、本当に楽しいな。

心からそう思った。

京とは幼稚園から一緒である。クラスまでずっと同じというわけではなかったけれど、ずいぶんと長いつきあいだった。

大学も一緒だ。学部は違うけれど、同じキャンパスに通う。

だから、今までと変わらない。

京との距離は、ずっと変わらないはずだ。けれども、この写真の四人で過ごせる時間は限られている。

楽しかったなぁ……。

寂しくなるなぁ……。

いろいろ交錯した。

「うち、ゆづと一緒が一番楽しいんよ。ゆづと遊ぶのが一番好きやけん」

「京……」

「社会人になったら、うーん。ゆづは旅館で働くんやろうなぁ。うちは適当な仕事してると思うわ。たぶん、なんとかなるやろ」

「うん、そうだね」

「例の居候彼氏と結婚するときは式に誘ってよ？　あと、ちゃんと紹介して。うちの可愛い湯築九十九ちゃんを嫁にもらうんやけんね。どういう男なのか確認しとかないかんやろう？」

「そんなこと言って、京が見たいだけでしょ」

「そうとも言う！」

本当はもう結婚しているけれど、とは言えない。

他愛もない会話を延々と続けた。

「なあ、ゆづ？」

「なに？」

京がふと視線をあげた。

天井をしばらくながめてから、細く長く息を吐く。

「ゆづって普通じゃないよね」

「え？」

京が言っている意味がわからなくて、九十九は目を瞬かせた。

遅れて、ドキリと心臓が嫌な感じで脈打つ。

「いつも隠してる」

「…………」

「小さいときから、ずーっとなんか変やった」

京とはずっと一緒だった。

しかし、京にはずっと隠してきた。

湯築屋のことも、巫女のことも。

「なんか、ようわからんけどさ。前に五色浜行ったやろ？　気がついたら、うち寝てたし、五色浜からどうやって道後まで帰ったかも覚えてないし……なんか変やなぁって。揚げひぎり焼き食べたときも、記憶があいまいやったし」

「それは……」

「今日も、ゆづ白い猫に話しかけたりしてたやろ。松山駅におった犬も、前に連れてたよね？　渦目《うずめ》さんと練習してたときに見た犬やろ？」

「…………」

上手くやったつもりだった。しかし、京は違和感を覚えていたようだ。

どうしよう。

話したほうが、いいよね……？

九十九はキュッと拳をにぎりしめた。

京なら大丈夫。

だって、京は九十九のことをわかってくれる。

他人に言いふらしたりなんかしない。信用できる。

それにこれ以上、京に隠すのは九十九が嫌だった。

長い間、嘘をついている。小夜子や将崇は知っているのに、京だけは仲間はずれ。それはよくない。

ずっと思っていた。

けれども、どうにもできなかった。

「あのね、京。驚かないでほしいんだけど――」

「でも、ええんよ別に」

九十九の押しつぶされそうな声を断ち切るように、京が立ちあがった。

「なんか前は嫌やなぁって思ってたし、いつか話してくれんかなぁって待ってたんやけど……でも、ゆづは変わったし」

「変わった?」

「うん」

京はいつもみたいに屈託なく笑った。

「前はいつもここじゃないところのことを考えているというか、心ここにあらずというか

「……なにやってても、本当に楽しいのかどうかイマイチわからんかったんよね。大変そうだったり、困ってたりしてても、うちには絶対相談してくれんかったし。ゆづ、うちになにも言わないまま、勝手にどっか行っちゃうんやないかなって……」

以前の九十九は……学校よりも、いつもお客様のことを考えていた。

どうすれば、いいおもてなしをできるのか。

どうやって、お客様に喜んでもらおうか。

常に考えていた。

それが悪いとは思っていない。

けれども……。

「でも、今は楽しいんよ。ゆづは変なとこあるけど……勝手にいなくなったりせんやろうなって、ちょっと安心しとるんよ」

けれども、九十九はそのままでは駄目だと気づいたのだ。

教えてくれたのは京である。九十九だって、高校生らしくしたっていい。子供なのだから甘えたっていいのだ。

九十九だって勝手に消えたりするつもりなんてない。どこへも行きはしない。だが、京の言葉を聞いて、「以前なら――？」と考えてしまった。

もしも、湯築屋と学校を選べと言われたら。

……湯築屋を選んだと思う。

九十九は湯築屋の若女将だ。その責任がある。選ぶべきは湯築屋なのだと考えたに違いない。

しかし、今は違うと思う。

どっちも選べない。

いや、どっちも選びたい。

湯築屋も学校も、どちらも選ぶ方法を見つけようともがくはずだ。どうにかしたいとねがうはずだ。

九十九にできることは少ない。なにもできないかもしれない。ねがったところで無駄かもしれない。

それでも、九十九はそういう道を探すと確信した。

前とは違う。

でも、それは九十九が変わったからではない。

「違うよ……京が教えてくれたんだよ」

京が教えてくれなかったら気づけなかった。

九十九が自分で変わったわけではないのだ。

他人に教えられて、ようやく今の自分がある。

それは間違いなかった。

「京がいるからだよ」

「あれはうちのわがままやったし……」

「そんなんじゃないよ」

湯築屋だけではなく、学校ももっと大事にしよう。お客様ばかりではなく、自分も大事にしよう。

それができているとは思えない。実際に受験勉強で根を詰めてしまった。のめり込んでしまうのは、九十九の悪い癖だ。しかし、それでもしっかりやり切った。

京がいなければ、九十九は大学へ行かないつもりだったのである。

もちろん、登季子や幸一は大学進学も勧めたが、それまでの九十九には、その意志がなかったのだ。

だから、京には感謝している。

狭い世界で生きていた九十九を諭《さと》してくれたと思っている。

「うちは、ゆづが一緒にいてくれるだけで充分なんよ。やけん、無理に知りたいとは思わんし」

「京……」

そう言われてしまうと、なにも言えない。

京に黙っているのは心苦しかった。

なのに、その瞬間に胸がすっと楽になる。

「まあ」

京はニッと口角をあげた。

笑顔。だが、これはよくないほうの笑顔だ。

九十九は直感的に悟った。

「それとこれとは別に、彼氏のことは知りたいんやけどね！」

「え、えええ……やっぱり、そういうのだと思った！」

「観念して話せ！　写真見せなさい！」

「無理無理無理無理！」

京は言いながら、九十九のスマホを横取りしようとした。けれども、九十九はなんとか阻止する。

スマホを見られたところでシロの写真は猫を除いて一枚もないわけだが……見られると負ける。そんな気がして、九十九も意地になった。

そうしているうちに軽くもみ合い、お互いの脇腹をくすぐったり。たくさん笑った。廊下からラウンジに移動して本当によかったと思う。フロントから従業員がこちらを微笑ましそうに見ていた。

「もう、ゆづ！」

「やだってば！」

いっぱい笑って、いっぱい話して。

いっぱい、いっぱい……思い出になった。

この日のことは忘れないと思う。

忘れたくないなぁ。

一つひとつ、全部大切にしたい。

九十九はそう思った。

6

「それで、伊予灘ものがたりなんですけど本当にいい列車だったんですよ。お洒落で可愛くて、乗ってよかったなぁってなりました。湯築屋にも、あんなテイスト入れたいんですよね！　海の景色も、とってもとってもよくって。帰りは普通の列車だったのがちょっとだけ残念に思いました。でも、夕日がすっごく綺麗だったんです。伊予灘に沈んでいく夕日は、乗っている列車には関係ないですね！」

九十九は饒舌に、両手を広げて感動を表現した。

湯築屋に帰ったのは夕食後の時間だ。荷物を置いたらお風呂にも入らず、九十九はまずシロを呼びつけた。

そして、延々とお土産話を語っているというわけだ。

「見てくださいよ、これ。綺麗ですよね」

九十九はスマホで撮った写真をシロに見せる。結構たくさん撮ったつもりだったが、案外少ない。京のように連写にすればよかった。

「ふむ」

列車内の写真を見て、シロがうなずく。

シロは最初、「な、何事だ？　九十九が儂に優しい！」などと言って抱擁しようとしたが、楽しそうに話を聞いてくれた。もちろん、抱擁しようとしてくる手はたたき落としたが。

「シロ様にもお見せしたくて」

結果的にシロは使い魔を通して、ずっと九十九を見ていた。一緒にいたようなものだ。

しかしながら、あくまでもシロは九十九を見守っているだけだ。

九十九が見た景色を同じ視点で楽しんだわけではない。

「なるほど……儂は九十九しか見ていなかったからな」

「やっぱり。せっかく使い魔でついてきたのに、もったいないです」

「九十九だけで充分だからな」

「またそんなこと……いいです。もっといっぱい話しますから」

今回の旅行で九十九はいろんなものを見た。本当に楽しく過ごしたのだ。

それをシロに伝えたかった。

楽しいと感じるたびに、「ここにシロ様もいればいいのに」。そう思ってきたのだ。それは、シロが同じ景色を見ていないから。使い魔を通して見るものは、九十九と同じではない。

九十九の目線は、シロの目線とは違う。

なにを見たいと思うか、大事だと思うか、楽しむか。すべて異なるのだ。

神様や人間の差異ではない。

人間同士だって、みんな同じではないのだ。

それが当然である。

シロに見えている景色が違うなら、九十九の景色を教えてあげたい。自分はこんなに素敵な体験をしたのだと、九十九の言葉でシロに伝えたかった。

九十九の見ている世界を、シロに見せるのはこれが一番ではないか。

神様だから。

人間だから。

だから伝わらない。

違う。

伝わる形で共有すれば、きっとわかってくれる。

甘い幻想かもしれないが、九十九はそう信じている。

「九十九、なんだこれは？」

「これ、すっごく美味しかったんですよ？　ハモカツ。ハモのカツなんです」

スマホの写真を一枚ずつ見ていると、シロもだんだん興味を深めていくのがわかった。

「ほほう？」

写真は道の駅「みなっと」で食べたハモカツだ。

実は愛媛県はハモの水揚げも盛んだ。八幡浜港でもたくさん獲れる。これを京都などに出荷するのだ。道後にも、ハモ料理を出す飲食店は多いし、もちろん、季節になると湯築屋でも提供する。

「ハムカツではないのだな」

「響きは似てますけど、ハモはお魚ですから」

「むむ……儂は今、洒落を言ったつもりなのに笑ってもらえなかった……」

「え……もっと、面白いこと言ってくださいよ……わかりにくかったです」

「なん……だと……？」

「寒いです」

「な……に……？」

ハモと言えば湯引きが鉄板だ。

天ぷらも美味しいのは知っていたが、骨切りを済ませた肉厚のハモにザクザクのパン粉をつけてカツにするのが、あんなに美味しいとは思っていなかった。

「儂も！　食べたい！」

「そう言うと思って、冷凍のハモカツを買って帰りましたよ。明日、お父さんに揚げてもらいましょう」

「九十九はできた妻だな！　儂は嬉しいぞ！」

あとは、お酒の好きなシロのために、おつまみになりそうなハモのアヒージョ缶も買ってある。

が、こちらはなにかのご褒美であげよう。つけあがらせてはいけない。と、飼い主の気分にもなった。

「九十九、こっちはなんだ？」

「どーや市場です。観光客向けの市場で……」

「バーベキューではないか！」

九十九の説明を待たずにシロがスマホをスクロールさせていた。すっかり楽しんでもらえているようだ。

「市場で買ったお魚を焼いて食べられるんです。サザエと車エビが、とっても美味しかったです」

「いいなー、いいなー。儂、車エビが食べたいぞ」

「残念です……サザエだけ買って帰りました」

「サザエも好きである。今日はそれをつまみに飲もう」

「シロ様、お酒を飲むことばっかり……」

「今日は妻の美味い土産話があるからな。実に楽しそうに語ってくれる。こういうときは、いい酒が飲めるのだ」

「お店のお金なので、ほどほどにしてくださいよ」

「昨日、八雲から小言を言われたばかりだ……」

「ほら！」

まったく。シロはあいかわらずだ。

しかし、八雲が小言を言うのは、よっぽどのことである。今月は本当に飲みすぎているに違いない。

「あの、シロ様」

「なんだ？」

シロは九十九に目をあわせ、首を傾げた。仕草と同時に、肩から絹のような白い髪がサラリと落ちる。

「今回は卒業旅行だったので無下《むげ》にしましたけど……今度は一緒に行きません、か？」

言っている途中で妙に恥ずかしくて、口調がぎこちなくなった。

ずっと、シロと同じ景色が見たいと思っていたのだ。

使い魔や傀儡《くぐつ》の視点ではなく、シロと一緒に……けれども、それにこだわる必要はないと気づいた。

なにを通していても、九十九と同じものは見られる。一緒に「これが楽しいね」と言いあうことのほうが大事ではないか。

だから、改めてシロを誘いたかった。

これを九十九はシロに話したくて。

いや、シロと一緒に話がしたくて仕方がなかった。

「まったく……だから、儂は最初から九十九と夫婦水入らずのイチャラブ・スイート・トリップがしたいと言っておるのに」

シロが息をついた。

「い、いちゃらぶ？」

「夫婦の旅行は、こう呼ぶのだろう？　天照から聞いたぞ？」

「言いませんよ⁉　最近、本当に天照様から教わる言葉が酷くないですか？」

「そうなのか？　儂も納得して覚えたのに！」

「なにをどう納得したんですか」

「イチャイチャでラブラブで、スイートなところ」

「あ……はい……」

九十九は頭を抱えた。

もう少し黙っていればいいのに。せっかく見目麗しいのだし、もっと神様の威厳があってもいいはずだ。どうしてこうなったのだろう。歴代の巫女様たちって、みんなこうだったのかなぁ。すごいなぁ……。

九十九の気も知らずに、シロは勝手にスマホで写真をながめていた。一枚一枚、何度も見返している。

「これを見ておると、九十九がどのような物の見方をしているのか、なんとなく伝わってくるのだ。儂には、このような視点がないからな」

嬉しそうだった。

そう言ってもらえて、九十九も嬉しい。

「嗚呼、そうだ。忘れておった。九十九よ。この写真が儂も欲しいのだ」

シロが示したのは、下灘駅で撮った写真だった。

九十九と使い魔の白猫が写っている。すっかり忘れていた。

シロはスマホを持っていないので、現像してあげる必要がある。コンビニ印刷でいいだろう。

「でも、シロ様。それちょっと恥ずかしいので……」

写真の中で九十九は、シロの言葉に動揺して顔が真っ赤になっている。カメラ目線ではないし、ちょっと口元も歪《ゆが》んでいた。

こんな恥ずかしい顔の写真を現像するなんて。

九十九の顔が熱くなってきた。

「せっかく、九十九からツーショットに誘ってくれたのに！」

「い、言い方。シロ様、言い方！」

「なにも間違っておらぬと思うが。らぶらぶベンチでのツーショットであろう？」

「そ、そう……ですけど！」

九十九はすっかり困り果てるが、シロは譲らなかった。この勢いだと、意地でも現像しろと数日言い続ける。

「じゃ、じゃあ、シロ様……」

九十九はシロの手からスマホを奪い返す。少々乱暴になってしまったが、気にしないでいただきたい。

「今、撮りましょうか」

カメラを自撮りに設定しながら提案する。

シロはツーショットが欲しいのだ。だったら今、写真を撮ればいいのではないか。

「ほお」

その提案にシロは思いのほかアッサリと納得した。てっきり、あの写真にこだわると思っていたのに。

九十九は手早くカメラをタイマーに設定する。

「では、少し飾るか」

「え？」

ふわっと風のようなものが吹いた。

ポニーテールにまとめた九十九の髪がうなじで揺れる。

「わあ……」

純和風の部屋の照明が明るくなった――そうではない。外にいる。

頭上は天井ではなく、どこまでも広がる蒼天だ。周囲には菜の花の可愛い花が咲き誇っていた。うしろを見ると、観光列車と海。

下灘駅の景色だ。

けれども、空間が移動したわけではない。今は夜だし、下灘駅には菜の花が咲いていてなかった。

ここはシロの結界の中である。

映し出される幻はすべてシロの思いのまま。

シロが「こうしよう」と言えば、周囲は美しい菜の花畑になるのだ。

だから、同じだが違う。

冷たい潮風や、甘い菜の花の香りがない。京たちの話し声や、海鳥の歌も聞こえなかった。あのとき見えていたはずの民家もない。

シロが取り入れたいと思った美しいものを集めた景色だ。

「ほれ。九十九、ピースするのだ」

シロは得意げに笑って九十九の肩を抱き寄せた。九十九が持っていたカメラも奪って、画面をあわせる。

とっさのことで九十九は抵抗できないまま、シロと密接する。その瞬間を狙ったかのように、カメラがシャッターを切った。

「今度はよい写真が撮れたであろう？」

シロが問うと、周囲の景色が蜃気楼のように消えていく。三秒ほどで、元の湯築屋の室内に戻っていた。

手元にはシロとのツーショットを写した写真が残っている。

「………」

「どうだ？　儂のカメラセンスは流石であろう？　テクニシャンであろう？」

「し、シロ様……これはこれで、恥ずかしいですよ。あと、せっかくだったのに背景が全然入ってません」

「なぬ！　そんなまさか！　見せるがよい！」

失敗したのが信じられず、シロはスマホを確認しようとする。しかし、九十九は彼の手に渡るのを阻止した。

「また今度撮りましょう！　今日は疲れたので、ここまでです！」

「ええぇ。九十九ともっと自撮りするのだ！」

「お父さんにサザエを渡しておくので、壺焼きでも楽しんでください。わたしはお風呂に入ります！」

「むむ。サザエの壺焼き」

おつまみの話をすると、すぐに大人しくなった。単純である。

九十九はそそくさとスマホを持って部屋を出た。

「………」

スマホに表示された写真を見おろす。

黄色くて可愛い菜の花と観光列車は、きちんと写っていた。その前で九十九がシロに肩を組まれている。

けれども、シロ――これはシロなのだろうか。

頭の上にあるはずの白い狐の耳がなかった。絹束のような白い髪は墨のような濃い黒色で、瞳は紫水晶みたいな色合いである。

この姿には覚えがあった。

シロだが――シロではない。

五色浜で九十九たちを助けてくれた。

田道間守に羽根を渡したときにも現れた。

誰なのだろう――答えなんて知らないはずなのに、何故か胸の奥からなにかがわきあがってくる。

喩えが適切かはわからないが、試験中に思い出せそうで思い出せない問題に当たったときと似ていた。教科書の何ページに書かれているかまでわかるのに、その単語が出てこない。そういう感覚だ。

わたし、知ってる？

だが、こんな大事なことを忘れるはずがない。

九十九は首を横にふった。

とにかく、シロから隠そうと思って逃げてきてしまう。

どうしてかはわからないが、シロはこの姿の自分を酷く嫌っている。そう感じていた。
写真を見せると、悲しませるかもしれない。
九十九は迷いながら、スマホを操作した。
写真を選択し、タップ。
削除した――。

紀．語り継がれぬ神話

1

シャン、シャン。

鈴の音が響く。

湯築屋の門が開き、お客様が結界に入ったことを知らせる音だった。

九十九はお出迎えしようと、いつものように玄関へ急ぐ。軽く着物を整えて姿勢も正した。

今日は可憐な黄色の着物だ。簪も菜の花である。シロが卒業旅行の写真を気に入ったようで、湯築屋の庭にも菜の花がたくさん咲いていた。いつもこの時期は桜と決まっていたので、ちょっと新鮮である。

「若女将っ！」

子狐のコマも九十九の足元をトコトコ急いでいる。本人にそのつもりはないが、歩幅が短いので、どうしても走っているように見えてしまった。九十九も着物を着ていると歩幅が短くなるので、なんとなく似た歩き方になっている。

玄関につくと、ちょうどお客様がお見えになったところだった。

「あ――」

玄関に立ったお客様を見て、九十九は一瞬目を丸くする。

だが、次の瞬間にはきちんと笑顔を戻した。

「いらっしゃいませ、お客様！」

元気よく玄関のお客様をお出迎えする。

すると、お客様のほうも表情をパッと明るくしてくれた。

「また来ちゃった。いいえ、人間の感覚だと、お久しぶりなのかしら？　なにはともあれ、元気そうでよかったのだわ」

肩から垂れ下がった三つ編みの白い髪。頭の上では、狐の耳がぴょこぴょこと動いていた。九十九に視線を返してくれた琥珀色の瞳も神秘的で引き込まれる。

宇迦之御魂神《うかのみたまのかみ》だ。

湯築屋によく訪れるお客様の一人で、九十九も一度会っている。前回の来館から一年は経っていないが、似たような春の時期にご来館した。

常連とはいえ、お客様たちは神様だ。人間の感覚とは違う。一年以内の来訪は珍しい。もっとも、天照はほとんど湯築屋に住んでいるような状態であるし、ゼウスなどは「ワカオカミに会いに来た！」と言って頻繁に顔を見せているのだが。それは湯築屋のお客様全体から考えると、とても稀なケースだろう。

なんにせよ気に入ってもらえるのは、ありがたい話である。

「白夜はいるのかしら？」

「宇迦之御魂神様のご来館でしたら、シロ様もすぐにいらっしゃると思いますよ」

「もう。事前に知らせておいたのに……また格好でもつけているのかしら。あいかわらずなんだから」

宇迦之御魂神はそう言ってクスリと笑った。

彼女はシロのことを「白夜」と呼び捨てる。以前は「シロの母のようなものだ」と名乗っていた。

詳しい説明は省略されていたが、九十九はそのように納得している。

宇迦之御魂神の来訪で、九十九は頭の端に浮かんだ言葉があった。

――十八になる夜だ。

九十九の誕生日。

そこでシロは、九十九に自分のことを話すと言っていた。

あと三日である。

まだ少し猶予があった。

宇迦之御魂神の来訪と約束を結びつけたのは、九十九の直感だ。けれども、間違っていないという確信もあった。だから、シロは宇迦之御魂神が来館するという報せを受けながら、ご予約として九十九には伝えなかったのかもしれない。

それを肯定するかのように、宇迦之御魂神は笑ったままだった。いや、彼女はいつもこうだ。明るくて屈託ない少女のような言動をしている。

「お部屋は空いているかしら?」

「はい。五光の間をご利用できます」

「ありがとう。案内してもらえるかしら、白夜?」

宇迦之御魂神が言って、初めて九十九は自分の隣にシロが立っているのに気づいた。本当に神出鬼没で気配もわからない。

「嗚呼」

返事をしたシロの姿はいつもと変わらなかった。以前に宇迦之御魂神が訪れたときは正装していたのだが……今日は藤色の着流しに、濃紫の羽織という普段通りの格好である。

シロの姿を見て、宇迦之御魂神は唇に嬉しそうな弧を描いた。

「白夜」

宇迦之御魂神は玄関から中へあがると、流れるような動作で右手をあげた。そして、白い狐の耳が載ったシロの頭をそっとなではじめる。

その行動にシロは煩《わずら》わしそうに腕組みした。

「だから、子供扱いするなと言っておる」

「いいじゃないの。可愛い子のようなものよ」

「違う！」

「違わないのだわ。私は嬉しいのよ」

「儂は嬉しくない」

シロは不機嫌そうに口を曲げる。拗ねているときと似た仕草なので、つい九十九もクスリと笑ってしまった。

「嬉しいわよ……あなた、結構変わったみたいだから」

変わった？　宇迦之御魂神の言葉に、九十九は首を傾げる。

誰を示しているのだろう。すぐにシロのことだとわかったが、理解するのに時間がかかった。

宇迦之御魂神の言う「変わった」がシロのなにを示すのか、不明瞭だったからだ。見目は同じだし、中身だって前のまま駄目夫。喋れば残念を露呈する威厳のない神様である。

それでも、宇迦之御魂神はシロが変わったと言っている。

「なんの話だ……行くぞ」

シロにもよくわからないようで、ぶっきらぼうに宇迦之御魂神の手を払っていた。いつも九十九に対してスキンシップが過剰なのに、自分がされるとこんな風に嫌がるのか。と、なんだか親目線のような気持ちで観察してしまった。

「九十九も笑うな」

「はい」

返事をしながら、「ぷぷっ」と噴き出すと、シロは眉を寄せて黙ってしまった。

そんなシロの態度など気にもせず、宇迦之御魂神は廊下を歩きながら甘える素振りをする。

「白夜、松山あげはあるかしら？　また食べたいのだわ」

「儂をなんだと思っておる。松山あげを切らすわけがなかろう」

「さすがよ」

その松山あげを買ってくるのは、たいてい八雲さんですけどね！　シロが得意げに懐から松山あげの袋を出すので、九十九は心の中で突っ込んだ。本当にシロは松山あげが好きである。

「じゃあ、またあとでね」

宇迦之御魂神は九十九をふり返った。

「はい。あとでお食事を、お部屋までお持ちしますね」

九十九は当然のように返答して頭をさげた。

「あ、そういうのもあったわね。そう。おねがいするのだわ」

「…………？　は、はい。もちろん」

九十九としては当然の返しをしたはずだった。しかし、宇迦之御魂神にとっては、意外な答えだったようだ。「そういえば、そうだったわね」くらいのニュアンスに見えた。

宇迦之御魂神の「またあとで」は、なにを指したのだろう。

確認できないまま、女神はシロに案内されてお部屋へ歩いていった。

「若女将っ」

九十九の足元でコマがもじもじと、申し訳なさそうにこちらを見あげていた。背中を丸めてお尻をふりながら、短めの前掛けを両手でいじっている。

「どうしたの？」

「すみません……また天照様のお部屋に荷物が届いていて……ウチ、さっき挑戦したんですが……三十点でした……」

「あー、なるほど。はい！」

事情を把握して九十九は頼もしく笑う。

天照は長期連泊中の常連客だ。引きこもっている間、ではなく、お部屋から出ない間はインターネット通販サイトで頻繁に買い物をしている。

だが、その荷物を従業員が持っていく際は、部屋の前でダンスを披露しなければならないのだ。合格点がとれなければ、部屋は開かない。

天照はこれを「岩戸神楽《いわとかぐら》」と呼んで遊んでいる。コマは少し、いや、ずいぶんこの遊戯が苦手なので困っていた。

ちなみに、奇跡的に合格点を獲得したこともあるらしい。九十九が聞いた限りだと、一度だけ。

「わかりました、まかせてね。コマ」

つい先日、九十一点を叩き出した自信から、九十九はドンと胸を張った。

宿の業務ができなかった幼いころから、天照へのお荷物お届けは九十九の役目だったのだ。当時はそれくらいしか満足に手伝えなかったが、ゆえに研究もできた。天照の好みは熟知している。

「わあ！　ありがとうございますっ！　頼りになります、若女将！」

コマはパァッと嬉しそうな表情になって、両手をパチパチと叩いた。

「お荷物を持ってきますねっ！」

「うん、おねがい」

コマが駆けていくのを見送り、九十九はフゥッと息を大きく吸って吐いた。

こうやって深呼吸すると、頭がすっきりと引きしまる。酸素の取り込みが増えて、脳にもよく回るためだろう。気合い入れの儀式のようなものだった。

「よし」

素早く袖を襷《たすき》掛けにして、九十九は業務に向かう。


コマから宅配物を受けとって天照の部屋へ向かった。

特殊な業務ではない。毎日の決まった仕事の一つである。

「天照様。お荷物をお持ちしました」

部屋の前で呼びかけると、いつものように少しだけ扉が開く。九十九は荷物を脇に置き、覚えたてのダンスを披露しようと立ちあがる。

今日は女性アイドルグループの最新曲の振り付けを覚えてきたのだ。初めて踊るが、とても自信はある。

九十九は張り切って最初のポーズを決めた。

「ありがとうございます、若女将」

だが、次の瞬間、部屋の中から声がする。

九十九は動きを止めようと踏ん張った。しかし、急なことだったのでバランスを崩してうしろの壁にもたれてしまう。

危なかった。もう少しで転倒していた。

「天照様、どうしたんですか⁉」

いつもと違うので、つい聞いてしまう。

「いえ」

部屋の中から出てきた天照が九十九を見あげた。

表情は穏やかで、普段と変わりない。花の蜜のような甘い可憐さと、魔性めいた強《したた》かさがある。その顔は「たまには普段と違うことがしたかったのです」とも、「実は別のおねがいがあるのです」とも言いそうだと感じた。

実際はどちらでもなかった。

「さぞ、お疲れになるでしょうから」

「？」

天照の言わんとする意味がわからず、九十九は眉を寄せた。「お疲れのようですから」と体調を労った言葉ではない。

未来形だ。

九十九がこれから疲れるのだと言っている。

なにか困難が迫っているとでも告げているのだろうか。

だとすれば、それはなんだろう。

今の九十九にはわからなかった。

「どういう意味でしょうか？」

「それを、わたくしの口から語ることはできません」

「そうですか……」

一瞬、「シロ様のことですか？」と聞きそうになった。

しかし、やめる。

今の天照は、肯定も否定もしない。だが、それこそが最大の「肯定」であるとも九十九は感じていた。

やっぱり、宇迦之御魂神様のご来館とも関係してる……のかな？

九十九は疑問を胸のうちに留めた。

天照はなにも語らない。

しかし、そのこと自体が答えを示している。大変に矛盾するが、天照らしいとも思ってしまった。

「でも、一つだけ」

天照は宅配便の荷物を部屋に引き入れながら、九十九に笑いかけた。

「わたくしは、あんなものは些事だと思うのですよ。物事には本質がありますから。それが変わっていないのであれば、大した問題ではございませんもの。神ならば、みなそうでしょう……でも、これはあなたたちとは違う価値観による判断です」

少女のような見目の女神が発した声は優しく、穏やかだ。まるですべてを抱擁する母親のように、九十九を見ている。

「それでも……あなたになら、わかっていただけると思っておりますよ」

まったくわからない。

それなのに、なんとなく「きっと、そうだろう」と思えた。

不思議だ。

天照と話すときは多かれ少なかれ、いつもそうだった。

心の奥底をのぞかれている感覚だ。

人間ではない神聖な存在に対する畏怖を抱かされる。そして、妙な心地よさと安心感。可憐であり、魔性でもある蜜のような誘惑を感じるかと思えば、慈悲深い母のような穏やかさもあるのだ。

様々な側面を持っている。

神様はみんなそうだった。

けれども、天照自身はそう思っていない。

天照は、ただ天照であるだけなのだ。他の何者でもない。それが本質だと言わんばかりに、様々な顔を見せながらも本人は何一つブレなかった。

神様という存在について考えさせられる。

「では、健闘を祈っております」

天照はそう言って、扉を閉めた。

「はい、ありがとうございます」

なにが起こるのだろう。

わからない。

九十九はくるりと踵を返す。

なにがあっても大丈夫。

きっと、天照はそう九十九に告げたかったのだ。

「いっっやぁぁぁあああ！　あああああああ、なんですかッ！　これはッ！　これはッ！　尊い！　尊いですわッ！　最ッッッ高！」

九十九が背を向けた途端、天照の客室から黄色い絶叫が聞こえてきたのは……とりあえず、聞かないふりをしておいた。大方、注文していた推しアイドルのグッズを開封して興奮しているのだろう。

……神様にも、いろいろあるのだ。

2

いつも通りに業務が終わる。

何事もなかった。そう言ってしまっても、いい一日だろう。お客様のご注文はむずかしいものも多いけれど、なんとかご満足いただけた。

九十九はお風呂でほぐした身体を伸ばして、自分の部屋に帰る。

「んぅ……」

スマホを見ると、京から通知が来ていた。

大学デビュー前に私服を調達しようと、買い物の約束をしているのだ。京は私服にこだわりが薄いので、自分一人で選びにくいようだった。

五日後の日程で、京に返信する。

卒業式を終えたと思ったら、今度は入学がひかえている。いろんな書類をそろえなければならないし、準備がとにかく大変だった。

受験とは別の方向で心配になってくる。

もう大学生か。

数週間後の自分がイメージできなかった。

「九十九」

ふと、呼ばれた。

声に聞き覚えがあったので、「誰？」とは思わなかった。実際、九十九がふり返ると、思った通りの姿がそこにはあった。

「シロ様」

シロは部屋の窓枠に腰かけていた。

普段、勝手に部屋へ入るなと言っている。そのせいか、床には足をつけていない。床に足をつけなければ入室していないなどというルールはないのだが、本人はそれでアリバイを主張しているつもりのようだ。小細工である。

「なにかご用ですか？」

問いかけると、シロはようやく床に足をおろす。

「九十九、約束だ」

シロはそう言って、手を前に出した。

にぎれということだろうか？

九十九には意図がわからなかった。

「約束？」

「話すと言った」

胸の奥が引きしまるように鳴った。

あの約束だ。

「え……」

シロについて話してくれる。

九十九が知りたかった——。

「まだ誕生日に……なっていませんけど」

九十九は無意識のうちに、牽制の言葉を口にしていた。

知りたかったはずなのに、何故だか怖い。胸の音が大きくなりすぎて、どうにかしてしまいそうだ。

まだ誕生日まで三日の猶予がある。

「起きるときには、その頃合いだろうよ」

「起きる……？」

起きる？

これから眠るということだろうか？

シロの言葉がわからなくて九十九は困惑するしかなかった。

「こういうのも、夢で見るんですか？」

そして、自分で言いながら違和感があった。

こういうのも？

まるで、以前にも夢でなにかを見たかのような言い回しだ。

自分の言葉なのに不思議だった。「あれ？」と首を傾げながら意味を考える。だが、妙に落ち着いて、納得していた。

受け入れる準備を心がしている。

なにもかも整っているような気がした。

「私も手伝うのだわ」

反対側から声がしてふり向くと、今度は宇迦之御魂神がいた。

シロとよく似た容姿の女神は九十九の肩に手を置いて微笑んでいる。

「だから、安心して委《ゆだ》ねるといいわ」

そう言われると安心できる気がした。

なんの説明もないのに――。

「大丈夫よ」

と、宇迦之御魂神。

「…………」

シロはいつもそうだ。

九十九にはなにも教えてくれない。

言ってくれないと、わからないのに……しかし、すべて委ねていればなんとかなる。そういうところがあった。

きっと、今回もそうなのだろう。

シロに委ねればいい。

でも。

「シロ様」

九十九はシロのほうへと歩く。

一歩一歩が重かったが、自然と前に出る感覚があった。

「よろしくおねがいします……でも、わたしは全部任せて教えていただくわけじゃないです」

シロの手に自分の手を重ねた。

「シロ様から教えてもらえるのを、ずっと待っていたんです。わたしの決めたことです。わたしが知りたいと思って、そうしていたんです」

だんだん瞼《まぶた》が重くなってきた。

喋っている途中なのに、目を開けているのが辛くなってくる。

足元もふわふわしてきた。

身体が大きくよろめいたあと、誰かが支えてくれる。

「わたしは――」

あなたを知りたい。

あなたのことが、好きだから――。

♨　♨　♨

眠りに落ちた九十九の身体を、シロは抱きとめる。

存外軽い。

しかし、人間らしい重みがあった。

その身体を、敷いてある布団にそっと寝かせる。

「私、嬉しいのだわ」

宇迦之御魂神が笑い、九十九の隣に正座する。

三つ編みにした髪留めを解くと、背中で白い髪がふわりと広がった。結い跡はついておらず、まっすぐ滑らかだ。

「白夜が他者を受け入れてくれて」

「……………」

シロはなにも答えなかった。

受け入れた、という意味について考える。

果たして、そうだろうか？

しかし、少なくともシロは九十九に見せることにした。それが宇迦之御魂神の言う「受け入れる」という意味なのだろう。

「それに、この子なら大丈夫よ」

宇迦之御魂神があまりに朗らかに笑うので、シロは眉を寄せた。

「根拠もなく……」

「根拠はないわ。でも、女神の勘というやつよ」

宇迦之御魂神は目を閉じた九十九の額に触れる。優しい母親かなにかのように、そっとなでてやった。

「この子は白夜が考えるよりも、ずっと強いわ。もっと信じてあげなさいな――そう思ったから、見せる気になったのでしょうけど。だから、嬉しいのだわ。白夜がそういう人間に、また巡り会ってくれて。母として心配だったもの」

「また母などと……」

「母よ。いつまで経っても、ね。どれだけ形が変わってしまっても、本質はなにも変わらない。神々《私たち》にとって大切なのは、そこだけよ。形も上辺も関係ないの。あなたは違うと言うかもしれないけれど」

そう。神にとっては本質こそがすべてだ。

いくら形が変わってしまっても、そこにある本質は変わらない。

そう理解しているし、その価値観もシロだって確かに持っている。シロとて神々と同じものの見方をしているのだ。

しかし、一方で「そうではない。もう違う」と否定もしている。

シロは——稲荷神白夜命は違う。

他の神とは違うのだ。

酷く歪《いびつ》な自分の在り方は、決して理解されない。

それは自己矛盾だ。

破綻した思考だとわかっている。

「この子はね、強い子よ。月子みたいに」

月子。

その名を聞いて、シロはハッと我に返った。

遅れて、胸に後悔も襲う。

これから九十九は夢を見る。

本当にそれでいいのか。

そう、手を伸ばし——伸ばした手を宇迦之御魂神が両手で包んだ。

微笑む女神はなだめるように、

「じゃあ、母に任せるのだわ……大人しく待っていることね」

言いながら、宇迦之御魂神は目を閉じた。

3

もう何度目だろう。

夢の中にいるという感覚を、九十九ははっきりと自覚した。そして、今回は不思議と思考が冴えている。

覚えていた。

水に沈んでいくような感覚も、気を抜くと浮きあがりそうになる浮遊感も、何度も何度も忘れ、そのたびに体験してきたことも。

いつも同じ夢を見ている。

どうして、忘れてしまっていたのだろう。

「それは拒まれているから」

「拒まれて……？」

夢の奥に沈む最中、肩に手がのせられる。優しくて温かい。覚えのある手――宇迦之御魂神であった。どうして夢の中に宇迦之御魂神がいるのだろう。

その答えを示すように、宇迦之御魂神は周囲を見回した。

宇迦之御魂神と九十九を包む泡のような結界が見える。やわらかくて、ふよふよとシャボン玉のようだった。

なにかから守ってくれている？

これはそういう類の結界だ。

「ここはあなたの夢。それと同時に、白夜の夢でもある」

「シロ様の……夢？」

「夢は繋がっているのよ」

夢と夢が繋がっている。夢から夢へと移動する夢渡りというものもあるが、それに似ているのだろうか。

「白夜が見せたくない夢に近づくと無意識に阻まれてしまう。あなたの場合は神気の親和性が高すぎるから余計にね。だから、夢そのものの記憶を消されているということ」

「親和性？」

「湯築の巫女はみんな同じ夢を見る。でもね、あなたの神気は月子に似すぎているから……他の巫女では辿り着けなかった深淵まで潜れてしまう」

月子？

知っている名前だった。今なら思い出せる。

いつも夢で会う女の人の名前だ。

「阻まれないよう、私が案内するのだわ。ついてきなさいな。そこに白夜がいるから」

宇迦之御魂神は九十九に手を差し出す。

「どうする？」

宇迦之御魂神の言葉は、改めて九十九を試しているようだった。

このまま先へ行くか。

それとも、引き返すか。

「行きます」

九十九は前を向いた。

宇迦之御魂神の手をにぎる。

「そう。安心したのだわ」

夢の中を泳ぐように、前へ進む。

速度は心の迷いや戸惑いに影響を受けるのだろうか。しっかり前を向くほど、速く進んでいるような気がした。

「この夢は巫女たちが見る夢なの。本当はあなたもたくさん見ているべき夢なのだけれど、白夜が加減しないから、全部忘れているだけ」

「見るべき？」

「ここで覚えるのよ」

「覚える……」

「神の力を使う術《すべ》を」

稲荷神白夜命の力を使うための修行は歴代の巫女から巫女へと伝えられる。

九十九の場合は先代が早くに亡くなったため、学校を卒業してから登季子より教えられることになっていた。とりあえず、護身用に退魔の盾だけ扱える。

しかし、ここで覚えるべきなのは違う術らしい。

思い当たるのは、ときどき現れる存在だ。

五色浜で見た白鷺の翼を持った――。

「もう一柱……いらっしゃいますよね」

「そう。察しがよくて助かるのだわ。この夢で学ぶのは稲荷神白夜命の術ではなくて……もう一柱。天之御中主神の力を御する術」

「天之……御中主神？」

知識として知っている名前だ。

湯築屋には訪れたことがないが、神様である。

天地開闢の際、最初に現れたとされる別天津神だ。日本神話における、原初の神の名である。

意外な神様の名前が出てきて、九十九はどうすればいいのかわからない。

そもそも、シロがどのような状態なのか。

何故、そうなっているのかが謎だ。

「それは、これから見ていったほうがいいわ。大丈夫だから安心しなさいな。少しずつ奥まで行きましょうか」

九十九の疑問に返答するように、宇迦之御魂神は前方を指さした。

水の中を進む感覚が薄れていく。

もうすぐ「底」につくのだ。と、薄ら察した。

今までに忘れてきた夢でも、そうだった気がする。いつも水の中を漂うばかりではなく、どこか違う景色を見て、誰かに会っていた。

誰か。

そうだ。

「…………！」

気がつくと、九十九は森の中に立っていた。身体の浮遊感も消え、きちんと地面に足がついている。

隣を確認すると、宇迦之御魂神が寄り添うようにたたずんでいた。

「ここは、白夜が阻んで今まで辿り着けなかった場所よ」

「シロ様が阻んで……」

「でも、勘違いしないでほしいのだわ。私の役目は妨害からの守護よ。あなたは本来、いつだってここまで来られた。今回だって、あなただから潜れたのよ」

「わたし、だから……？」

神気の親和性が高いという話と同じだろうか。

「今まで、ここへ辿り着ける巫女などいなかっただけ。あなたが特別なの。だから拒まれていたのだわ。一番見せたくない部分を見られてしまうから」

どうして、九十九だけ。

けれども、その答えは先ほどもらった。

九十九の神気が月子という女性に似ているから。

神様からも妖からも、九十九の神気は「甘い」と称される。登季子や歴代の巫女よりも強いと言われていた。だから九十九は巫女に選ばれたのだ。

それなのに、この神気が原因でシロの夢に拒まれている。

酷い矛盾だと感じた。

同時に、少し寂しい気もする。実際はそんな感傷的な問題ではないのかもしれないけれど。

「シロ！　待ってってば！」

どこからか小さな女の子の声が聞こえる。楽しそうにはしゃぎながら走っているようだった。

九十九が辺りを見回すまでもなく、木と木の間から転がるように女の子が飛び出してくる。

しなやかな黒髪を揺らし、はつらつとした顔で辺りに視線を向ける女の子。黒々とした瞳が愛くるしく、動きが忙しかった。

月子。

前にも夢で会った。

あのときよりもずいぶんと幼い気がしたが、間違いないと直感する。

しかし、月子のほうは九十九たちに気づかない。話しかける様子もなければ、視界にも入っていないようだった。

「記憶をのぞき見ているだけだから」

「そう、なんですね……」

宇迦之御魂神に補足されるが、九十九には慣れない感覚だった。ＶＲのような空間で、テレビや映画を見ていると思えばいいのだろうか。三百六十度見回すが、本当に現実の世界と変わらない。夢だとは思えなかった。

記憶だと言うが、景色も植物も、そして幼い月子も……すべてが本物に思えた。リアルである。

それくらい鮮明な記憶なのだろう。

シロは神様だ。ずっと昔のことも昨日の話のように覚えている。

「シロってばー！」

月子が叫ぶと、林の中から白い影が飛び出してきた。あまりに勢いがあったので、九十九まで驚いてしまう。

白い犬、いや、狐だった。

それも、普通の狐とは明らかに違う。

大きい。幼い月子の身体と同じくらいはあった。

「いた！」

月子が両手を広げると、そこへ狐が飛び込んだ。

襲われているわけではない。じゃれつくように、月子の顔を舐め回していた。狐のはずなのだが……犬のようだった。

白い尻尾がもふもふと左右に揺れ、狐はとても嬉しそうだ。月子という少女に大変懐いている。本当に仲がよいのだと傍目《はため》にわかった。

狐はシロと呼ばれていた。

九十九は宇迦之御魂神の顔を見る。

すると、宇迦之御魂神はこくりとうなずいた。

肯定だった。

あの狐は……シロ様なんだ……？

宇迦之御魂神がうなずいたのに、少し自信がなかったのは神気が違っていたからだ。いや、同じ……だが、同一ではない。

似た神気は感じるが、明らかに神の一柱のものではなかった。

これは神使、神の使いや眷属《けんぞく》と呼ばれる類だろう。ほんのりと宇迦之御魂神の神気を感じ、彼女の神使だと察した。

「シロ様にとって宇迦之御魂神様が母親に当たる理由って……」

「そう。元々は、私の神使《愛し子》だからよ。この近くに、私を祀った神社もある。月子はそこの巫女だったのだわ」

「やっぱり……でも、え？　え？」

九十九は納得したあとで混乱した。

元々、シロが宇迦之御魂神の神使だったというのは理解した。

けれども、今のシロは独立した神の一柱である。

神気が単純に強くなっただけでは神とはならない。神使が神になるなど、よっぽどの話である。

だがそもそも、シロという神について九十九は疑問があった。

神は信仰がなければ存在してはいけない。信仰がなくなれば堕神となって消えてしまう。ゆえに、彼らにとって人間の信仰は不可欠だった。同時に、信仰の広さや深さは神としての神気にも影響を与える。

その点において稲荷神白夜命は特殊な神だ。

祀る神社もなければ、信者もいない。湯築の間だけで信仰する限定的な氏神《うじがみ》のようなものである。

そんな神様にしては神気が強すぎるのだ。

結界の中だけとはいえ、誰も彼には敵わない。古今東西あらゆる神の力を削ぐ絶対不可侵の空間を維持するなど、並みの神にはできない所業だ。

そうなっているのには理由があるはずだった。

「もう少し奥へ行きましょう」

宇迦之御魂神が手招きした。

その先に答えはある。

楽しそうに戯れる巫女と神使の横を通り過ぎて、九十九は宇迦之御魂神が示す方向へ歩いた。

少し歩くだけで、周囲の景色が変わる。

同じ森のようだったが、場所が違うようだ。

大きな樹が一本立っている。その足元に小さな祠があった。古びた印象を受けるが、よく手入れされている。木製の小さな鳥居も見えた。参道の左右には稲荷像が置かれている。

小さいけれど、昔の神社なのだと思う。今ほど整ってはいないが、ちゃんと信仰されているのが感じられた。

やがて、女の人が一人歩いてくる。

月子だった。

先ほどまでの少女ではなく、成長した姿だ。可憐な面影はそのままに、儚くて不思議な空気をまとっていた。

いつも夢の中で会っていた月子の姿だ。

「シロ、クロ」

月子が参道の稲荷像に声をかける。すると、灰色だった石の像はみるみる生き物の生気を帯びた。

ざらりとした石の表面は白い体毛となり、ピンと伸ばしていた背筋が丸くなる。シロと呼ばれた狐の神使だった。

反対側の稲荷像は真っ黒な狐になっていた。こちらも神使である。クロが名前なのだろう。

二匹は真っ白と真っ黒で対の色合いであったが、神気の質が似通っている。神使であり、兄弟のようなものかもしれない。

二匹の神使は月子によく懐いているようだった。月子はそんな二匹の頭をなでて微笑んでいる。

「ちょっと行ってくるね」

月子がそう言うと、神使たちは心配そうにしていた。尻尾をさげ、「くぅん」と犬のように鳴いている。

月子は背負っている籠を二匹に見せて笑う。

「薬が必要なの。ついて来なくて大丈夫。ちゃんと戻るから」

そう言うと、クロは大人しく一歩さがった。しかし、シロのほうはまだ月子の身体に顔をすりつけて名残惜しそうにしている。

月子が心配だ。というより、「もっと構ってほしい」そんな仕草に見えた。

「甘えたって駄目」

月子は軽く笑いながらシロの大きな尻尾を押し退けた。

月子は成長して大人になったが、シロのほうは子供のときに戯《じゃ》れついていた感覚が抜けないようだ。「もっと、遊んで」と駄々をこねているみたいだった。

なんだか、今のシロ様と変わらないなぁ……。

神使を見て九十九はそんな印象を受けた。

子供のようにまとわりつくシロの姿と重ねてしまう。姿も神気も違うのに、不思議なことだ。

「変わらないでしょ？」

「はい……やっぱり、あの神使はシロ様なんですね」

「そうよ……可愛い子よ」

九十九は思わず微笑むが、宇迦之御魂神は違った。少しだけ悲しそうに目を伏せて、やがて顔をあげる。

「月子について行くのだわ」

「はい」

宇迦之御魂神に示され、九十九はうなずく。なんとかシロを引き剥がした月子が籠を抱えて森へ入っていくところだった。

ついて歩くと、周囲の景色もあわせてまた変化する。

「さっきの神使……クロは、今どうしているんですか？」

月子について歩く道すがら、九十九は宇迦之御魂神に問う。

先ほどの神社は、今の九十九が暮らしている現代では、どうなっているのだろう。

クロも宇迦之御魂神の神使のはずだ。

今はどうしているのだろうか。

「黒陽《こくよう》は――見ていれば、わかるわ」

けれども、宇迦之御魂神は答えてくれなかった。

クロは黒陽という名らしい。白夜でシロ、黒陽でクロ。実に単純な名前であった。

「わかりました……」

九十九は不安に駆られる。

シロはこの夢を九十九に見せたがらなかった。いや、九十九だけではない。誰にも見られたくないのだ。

月子の背中を追いながら九十九は、ただ「これから、悪いことが起こりませんように」と祈る。

嫌な感じがした。

当の月子は何事もなく、籠に薬草を摘んでいた。

働き者のようで、手際がよかった。身体が強そうには見えないが、現代人の九十九などよりしっかり者に感じた。

やがて、月子は休息をとりはじめる。岩場に腰をおろし、一息ついていた。

その岩場に見覚えがあって……九十九は目を瞬かせる。

やはり、ここだ。

夢で見たことがある場所だ。

この岩場には――。

『またここにおるのか』

音もなく舞いおりた。

『変わり者よの……』

月子が腰かける岩場に、一羽の白鷺が羽を休める。だが、普通の白鷺ではないのは九十九にだってわかった。

シロからもらった羽根と同じ神気を放っている。

そして、何度も出会った……やはり、九十九はあの白鷺に夢で会っていたのだと思う。

そうだ。会っていた。

思い出す。

彼は最初にして、最後の神。原初《はじまり》の世に出《い》でて、世の終焉《おわり》を見送る者――別天津神だと言っていた。

そういう問答をしたことがある。

宇迦之御魂神が守ってくれているおかげか、はっきりと思い出せた。

これが……天之御中主神。

話が繋がりそうだった。

だが、まだわからない。

九十九は流れる記憶を見守り続けるしかなかった。

『別の場所に移ろうとは思わぬのか』

「ええ、ここは元々私の休憩場所だよ。今日だって、先に来たのは私。それに、どうせあなたはすぐにいなくなるんでしょう？　だったら、余所者《よそもの》らしく土地の者に席を譲りなさいな」

『我《わし》が、どのような神か知っておろうに』

「悪い神様でないのは知っていますとも」

月子は天之御中主神から話しかけられても、特に様子が変わらなかった。神使たちに対する態度と同じだ。

平気な顔で竹の皮に包んだおにぎりを食べている。

『神に善悪などという概念か。無意味だの。何処《いずこ》で判断する？』

「直感かな」

あまりに月子が迷いなく言ったので、天之御中主神のほうが黙ってしまった。月子がおにぎりを二つ分、小さな口で食べ終わるのを待つばかりになる。

「急に黙ってどうしたの？　おにぎり、欲しかった？」

『いらぬ』

「あっそ」

竹の皮に残った米粒まで指でつまんで、月子は「ごちそうさま」と手をあわせた。

「ねえ、なにか話してよ」

『なにを』

「いろんな土地のことよ。その姿で旅をしていると言っていたでしょう？」

『勝手に旅と解釈したのは、其方だと思うが』

「違うの？」

『我の神気は清め、生み出す力が強すぎる。一箇所に留まることができぬだけだ』

言いながら、天之御中主神は自らの片足をあげた。

すると、そこには小さな草が生えている。

先ほどまでは、なにもなかったはずの場所だ。

こんな短時間で草が生えるはずがない。天之御中主神が舞いおりたことで芽吹いたのだとわかった。

「どうせなら、花にしてほしかったかなぁ。女の子にあげるには、ちょっと寂しいと思わない？」

『其方、不敬すぎではないかの？』

「そうかしら？　村の男どもにも言われるのよね」

『男を立てぬ女は、嫁のもらい手がおらぬだろうよ』

「なにか不都合？」

『変わった娘だの……』

天之御中主神が翼をはためかせた。

今度は一瞬のうちに姿が変わる。

白い翼はそのままに、身体が縦に伸びていき、人間のようになった。長く垂れた髪は墨みたいに深い黒だ。整った顔立ちは人形めいており、瞳は紫水晶に近い不思議な色をしていた。

男性のようにも、女性のようにも見える。中性的……そういえば、別天津神である天之御中主神は性別を持たぬ独神と伝えられていた。

美しい。

白鷺は仮の姿で、こちらが本来の見目なのだろう。

『我の巫女になってみるか？』

天之御中主神は月子の身体に触れる。

決して押さえつけているわけではない。だが、逃げることは許さぬ。そういう雰囲気を感じた。

『我は留まれぬ。もう最初の役割は終えた……あとは生まれ出でた世の変遷を見守るのが唯一の役割だからの。移動が面倒だが』

天之御中主神は月子の胸に手を当てた。

『だが、異界の檻で囲ってしまえば別だ。なにもかもが生まれる前の原初の世界。我が巫女となれば、悠久《ゆうきゅう》の刻《とき》を与えよう。其方なら、檻の中で飼っても退屈しなそうだ』

天之御中主神は冗談のように口角をつりあげていた。

月子の返答を試している。九十九にはそう思えた。

だが、同時にこれは本気の問答であるとも感じる。

見ているだけの九十九にまで緊張感が伝わってきた。天照や湯築屋に訪れるお客様たちは、時折、九十九を試す。それと似た感覚だ。

戯れだが、本気。

神々のお決まりかもしれない。

そして、気づく。

天之御中主神が言ったのと似た言い回しを、九十九はよく知っていた。

この神が示している檻とは、もしかして――。

「お断りよ」

月子の返答は簡素であった。

『永遠に興味はないと？』

「ないかな」

『ほお？』

月子の表情は穏やかなままだった。

「だって、わたしには永遠を生きるあなたの顔が、楽しそうだとは思えない」

月子の言葉を聞いて、天之御中主神は表情を硬くした。

意外。いや、心中を見抜かれた。そういう顔だ。

「神様は信仰がないと存在できない。でも、あなたは違うのよね。なにもないところから最初に生まれた原初の神。堕神にならず、ただずっと世界の終わりまで存在し続けるのが役目。他に役割を持たず、ただ見守っているだけ……あなたはそう言っていたけれど、一つも楽しそうな顔をしなかった。自分の加護や役割に誇りを持っているようにも見えない。永遠になんて価値がないって事実は、あなたが教えてくれている。違うかな？」

天之御中主神は黙したままだ。

月子の言葉を「肯定」の意だと認めているようだった。

「今みたいに、一時《いっとき》の話し相手にはなってあげられますよ。でも、あなたの永遠につきあうのは御免です」

はっきりとそう告げて、月子は頭をさげる。

「さようなら。また明日」

月子の顔が、九十九には印象的だった。

儚くて、美しくて……それでも強くて、まぶしい。

こういう人だから、天之御中主神は誘ったのではないか。記憶をのぞいている九十九でも、彼女のことが知りたいと思ってしまった。

それくらい月子には光のような強い魅力を感じる。

こんなにも近くにいるのに、まぶしくて、遠くて……決して手が届かない。その絶妙な距離感に、胸の奥が狂わされそうだ。

「月子さん……すごい人ですね」

九十九の胸はどきどきと脈打っていた。掌には汗もかいている。

伝わってきた緊張のせいだろうか。いや、違う。

震えているのだ。

月子という女性に、畏怖のようなものを感じていた。

宇迦之御魂神は九十九の声にうなずく。

「そうね、いい巫女なのよ」

周りに見えていた木々や岩場、天之御中主神や月子の姿が蜃気楼のように揺らいだ。景色が消えて、真っ暗になってしまう。

なにもない。

どこを見渡しても虚無であった。

怖い。

けれども、ここは似ている。

湯築屋の結界に似ている気がした。

「天之御中主神は原初の神。なにもないところから生まれ、世界の終わりを見つめる神よ。そういう役割であり、ある意味では役目を終えている。私たちとは違うの。堕神にはならず、信仰を必要としない。だから、別天津神を、私たちは国津神とも、天津神とも区別するの」

宇迦之御魂神はそう説明した。

須佐之男命《すさのおのみこと》も、別天津神を自分たちと区別していたのを思い出す。あれは、そういう意図があったのだ。

「天之御中主神様は白鷺の姿で旅をされていたんですか？」

「そうね。彼は瘴気を浄化し、無から有を生み出す神なの。一つの地に留まり続ければ過度の恵みが与えられてしまう。うーん……喩えるなら、特定の地が高天原《たかまがはら》みたいになるって感じかしらね？　実際にそうなっていないから、わからないのだけど。でも、確実に人間は住めなくなるわ。聖域になるのよ」

「聖域ですか」

「だいたい三年くらいが限度かしらね。その前に、点々と飛び回っていたみたいよ。忙しいことだけど」

「たった三年で聖域……」

一つの土地に留まれない。

それで永遠を生きるのだ。

世界のはじまりと終わりを見届けるという、唯一の役目のために。

「檻のような結界で囲うか、一箇所に留まらず放浪するしかないの」

神様には、みんな役割がある。

人はその所業に畏怖を抱き、恐れ、信仰するのだ。

そして、忘れられれば堕神となって消える。それが普通の流れだった。

だが、天之御中主神は違うのだ。

「なんか……寂しいですね」

月子の言葉がよみがえる。

たしかに、天之御中主神が永遠を楽しんでいるようには見えなかった。

堕神になって消えることはない。ずっとずっと、存在し続けられる。一方で消滅を受け入れず、抗《あらが》う堕神だっているのだ。

それでも、天之御中主神が幸福のようには思えなかった。

「ときどき、気に入った人間に手を貸したり、ああして話しかけたりしていたみたいだけど。伊波礼琵古《いわれびこ》とか、だいぶ助かったみたいよね」

九十九は視線を落とした。

だが、宇迦之御魂神は手招きする。

次を見に行くという合図だ。

まだ聞きたいことはあったが、九十九はうなずいた。


次の記憶は日付が変わっているようだった。

土砂降りの雨と強い風が吹いている。

夜の闇のせいもあってか、前がよく見えない。現代と違って灯りも心許なく、なにを頼りにすればいいのかわからなかった。

ときどき空が雷によって周囲が照らされる。

遅れてゴロゴロと鳴る音が、地面を揺らすほど大きかった。どこかに落ちたのかもしれない。まともな避雷針なんてなさそうな時代に見える。

そんな嵐の中で、建物から人が外に出てきた。

月子だった。

「私、行ってくる！」

扉の隙間から中をのぞくと、子供が布団に寝かされていた。顔色が悪く、咳をしている。

月子は籠と雨具を身につけていた。雨具と言っても、頭に被《かぶ》る笠と簑《みの》である。この雨を満足に防げるものではなかった。

薬を採りに行こうとしているのだ。

こんな嵐の夜に。

それがどれだけ危険なことなのか、九十九にもわかった。中から月子を止める声が聞こえてきたが、彼女は聞かない。

「待ってください」

九十九は思わず、月子に声をかけてしまった。

だが、ここは記憶の夢だ。無意味である。

「…………」

しかし。

偶然なのか、月子が九十九のほうをふり返った。

期せずして目があい、九十九はその場で硬直する。

「シロ」

しかし、やはり偶然だったようだ。

月子が声をかけたのは九十九のうしろである。

ちょうど、真っ白な狐が地面におりてくるところであった。

重力に反した軽やかさだ。雨に濡れた様子もない。嵐の暗闇でも、ぼんやりと白く光っている。

彼は神様ではないが神使である。やはり、自然界の法則は関係ないようだ。

シロは月子にすり寄った。

「ついてきてくれるの？」

月子の問いにシロがうなずく。言葉はないが、月子にはその意味が伝わっているようだ。

九十九にも、なんとなくわかる。

「薬を採りに行きたい。あなたの足を貸して」

求めに応じて、シロは月子を背にのせた。

「ありがとう」

風のような軽やかな速度で駆けていく。

通常よりも大きな狐、それも神使だからこそできるのだと思う。暗闇の中でも迷わないようだった。

景色が移り、どんどん飛んでいく。自動車に乗っているようなスピード感だ。普通の動物が出せる速さではない。

これなら大丈夫。そんな頼もしさがある。

「………………」

しかし、九十九の隣で見ている宇迦之御魂神は浮かない表情だった。

このあとに、よくないことが起こる。そう伝えられている気がした。

いや……たぶん、そうなのだ。

宇迦之御魂神はすべてを知っている。

覚悟しなければならないのだ。九十九は表情を引き締めて、月子とシロを見守ることにした。

九十九はいつもシロから見守られているので、なんだか不思議な心持ちになる。見ているだけの側は、このような心境なのか……湯築屋で九十九を見守るシロの気持ちが、少しだけ理解できた気がする。

「ちょっとさがっていなさいな」

「え？」

唐突に宇迦之御魂神がなにかを察知した。彼女は九十九を自分のうしろに庇《かば》って右手をあげる。

「ひゃっ！」

その瞬間、強い稲光《いなびかり》があった。

雷が落ちたのだと悟ったのは、ずっと嵐だったからだろう。宇迦之御魂神が張っていた結界が大きく震え、衝撃が中まで伝わった。九十九は思わず、叫び声をあげてしまう。

「え？　え……どうして……」

ここは夢の中。そして、記憶の中だ。

先ほどまでは、誰にも触れられなかった。九十九たちの存在も認知されないまま、記憶は流れていたはずだ。

それなのに、九十九たちに向かって雷が落ちた。

「ここから先を、白夜が誰にも見られたくないからよ」

宇迦之御魂神が言い放った。

九十九がシロの記憶を見ることは、元々無意識のうちに阻まれていたのだ。そのために、宇迦之御魂神が一緒に来ている。

それは九十九が記憶の奥に行き着くためだけではない。九十九を拒む障害から守ってくれるためでもある。

今のは記憶の雷ではない。

シロからの攻撃だった。

九十九をこれ以上、奥に進めさせたくなくて攻撃されている。それは、きっと無意識で、シロの意図には関係ない。本能のようなものだろう。

シロに拒絶されているような気がした。

胸の奥がキュッと縮こまって痛い。

本当は見られたくないのだ。

シロは九十九に、このまま引き返してほしいと思っている――。

「――ううん、違う」

シロは言ったのだ。

九十九に教えてくれると言ってくれた。そして、見せてくれている。その覚悟をしてくれたのだと九十九は信じたかった。

「シロ様、ごめんなさい。ありがとうございます」

襲ってくる落雷がシロの悲鳴のように思えた。

それでも辿り着かないといけない。九十九は記憶の深淵をのぞく必要があった。

にぎった手の中には、いつの間にか……羽根があった。

持ってきた覚えはない。

シロからもらった真っ白い羽根が、手におさまっている。白にも銀にも見える不思議な輝き。

白鷺の羽根――これは天之御中主神のものだ。

「ああ、もう！　キリがないのだわ！　往生際が悪い子ね！」

宇迦之御魂神が半ば怒りながら結界を強化している。

九十九の出る幕はない。

ここは宇迦之御魂神にまかせるところだ。

今の九十九の役目は、シロの記憶を見ることである。

見逃してはならない。

嵐を駆ける神使と巫女の様子を、じっと見守った。

「あ……！」

しかし、やがて。

森を駆けていた二人に向けて雷が落ちた。

「逃げて！」

九十九はつい叫んでいたが、二人には届かない。

シロはとっさに避けるが、近くの大樹が真っ二つに裂けるように折れた。そして、そのまま体勢を崩したシロと月子たちの上へと倒れる。

「あ、ああ！」

大きな樹の幹に押しつぶされるように、月子が下敷きになった。シロもぬかるんだ地面に放り出されてしまう。

九十九は足が竦んだ。

目をそらしそうになりながら、現状を見ている。

これは記憶だ。

もう起こってしまった過去なのだ。

九十九が目を覆っても、なにも結果は変わらない。それどころか、ずっとわからないままになってしまう。そのほうが、よほど恐ろしい。

「…………」

シロが急いで立ちあがった。前足を怪我しているようだが、大事はなさそうだ。木の下敷きとなった月子にすり寄る。

小さくうなりながら顔を舐めるが、月子の反応はなかった。

気絶しているのか——いや、月子の身体は樹の下敷きだが、よく見ると完全に胴体が押しつぶされている。雨でぬかるんだ地面に血液が混じり、生々しい鉄のにおいが漂ってきた。九十九は思わず嘔吐《えず》き、口元を押さえる。

理解していないのだろうか。

いつまでも返事をしない月子に、シロは何度も鼻をすりつけていた。まるで泣いているみたいに見えて、九十九は胸が締めつけられる。

いつの間にか、嵐が止んでいた。

急に雲が晴れ、青白い満月の光が射し込んでいる。

先ほどまでの雨や落雷はなんだったのだろう。やわらかい月光と静寂に包まれている様は本当に穏やかで……だからこそ、胸に刺さる。

月が綺麗だった。

この世のなによりも美しい。

強くてまぶしくて、たくましく……そして、絶対に手が届かない光である。

ふと、九十九は気がつく。

月明かりが射してわかった。

この場所は、天之御中主神と月子が話していた岩場である。

『神の使いが人の死を嘆くか』

月子に寄り添うシロの前に、ふわりと影が舞いおりた。

翼をはためかせる音も、衣がすれる音もしない。

まるで、そこにずっといたかのように、人の形をした神が岩場におりていた。

『やはり、人は脆いな』

天之御中主神は木の下敷きになった月子を一瞥《いちべつ》する。その顔に感情のようなものを読みとることはできない。

ただ淡々と事実を見届けていた。

シロはそんな天之御中主神の言葉など聞かず、月子の顔に鼻を押しつける。けれども、彼女は目を開けなかった。

『無駄だ』

天之御中主神の声は冷淡である。言葉は短かったが、呆れているようにも見えた。シロの価値観を理解できない。そう言いたげであった。

けれども、そこを立ち去る気配はない。

ただシロが嘆いて鳴いている声を聞いていた。

『それほど、この娘が惜しいか？』

シロはようやく顔をあげ、天之御中主神を見た。

『ふん』

天之御中主神には、シロの言葉が聞こえているのだろうか。

少し思案していた。

『選べ』

天之御中主神は、月子を指さした。

『その娘を救おう。魂は黄泉へ渡ったばかりだ。連れ戻せる』

次に、シロを指さす。

『ただし、命の対価は命である。他では購《あがな》えぬ。そして、この選択は世の摂理を曲げるものと思え』

シロは硬直していた。

考えている。

天之御中主神が示した選択について。

九十九は嫌な予感がした。

シロの命と引き換えに月子を助けよう。そういう提案のように聞こえた。だが、天之御中主神はこうも言っている。

この選択は摂理を曲げる、と。

摂理は摂理だ。

それは湯築屋のお客様である神々も言っている。そこに反することはできないのだ。たとえ神であっても、易々と曲げていいものではない。そういうものであると、九十九は教わって育ってきた。

これは田道間守の橘《たちばな》を盗んだお夕マ様の受けたような報いではすまない。あんなものは可愛い。

もっと……侵してはならない摂理である。

駄目だ。

これは……選ぶべきではない。

シロが神使であるなら、九十九よりも充分に理解しているはずだ。

選んではいけない。

『そうか』

天之御中主神は静かにうなずいた。

シロが返答したのだとわかる。

その声は九十九には聞こえなかった。

なんと言ったのだろう。

シロはどう答えたのだろう。

正しい選択をしたのだろうか。

『よかろう』

天之御中主神が座っていた岩をなでる。気がつくと、その岩肌にはびっしりと苔が生えていた。

前日まで、いや、さっきまでなにも生えていなかったのに……命であふれている。

岩場の間から少しずつ、なにかがわきあがった。

水――ではない。

湯気が出ている。

お湯だ。

温泉であった。

道後温泉と同じ神気を感じる。それも、ずっと強い。

こんなに強い神気は初めてだった。

そして、悟る。

シロは……月子の命を選んでしまったのだと。

「これは摂理を曲げる禁忌なのよ。だから、神々だって普通は侵さない。対価を払える者など、ほとんどいないのだから」

いつの間にか、九十九は震えていた。その肩に宇迦之御魂神が触れる。

宇迦之御魂神の声は怒っているように感じた。

「このあと、月子さんは……？」

「傷は癒え、息を吹き返したわ」

恐る恐る問うと、宇迦之御魂神は事実を淡々と述べた。

感情を押し殺している。

あふれ出す神気によって白い髪がふわりと浮きあがった。琥珀色の瞳には、抑えきれない強い感情が見える。

「愚かだったのは白夜かもしれない。でも……あの選択は神として問うてはならないものよ。他の神々はそれが天之御中主神の特権だと言うけれど……私は赦《ゆる》せないのだわ。だって……だって……」

「宇迦之御魂神様……」

シロは宇迦之御魂神の神使だった。

神の使いであり、眷属だ。我が子のようなものである。宇迦之御魂神が感情を揺らす理由が痛いほど伝わってきた。

「命の対価は命で贖われた。失われたものを巻き戻した対価は大きいと、あなたも覚えておくといいわ」

しかし、シロは生きている。死んでなどいない。

九十九は疑問だった。

対価となった命は、シロのものではないのだろうか。

「対価は命……たくさん死んだわ」

「え……たくさん？」

「一つの命に対する対価が一つだと、あの神は一言も告げなかったわ」

「え……そんな」

まずはシロと対を成していた神使のクロが消えた。

その後、近隣に住んでいた狐たちが理由もなく死んでいったのだ。化け狐たちだけではない。山に住んでいた妖力を持たぬ狐たちも同様であった。

四国には狸の逸話が多く残っている。それは、そもそも四国に狐が少ないからだという説があった。

その理由が……。

――儂のせいだ……つまらぬ話はやめよう。


以前にシロも言っていた。

狐が減ったのは自分のせいだ、と。

九十九は気にもとめなかったが……理由を知ってしまい、後悔した。

あのときのシロは、どんな気持ちだっただろう。

つらい思いをさせてしまったのではないか。

思い返したって遅い。

しかし、シロはあのとき後悔を口にしていたのだ。九十九は、その吐露に気づいてあげられなかった。

知らなかったから。

だが、今は違う。

九十九は知った。

そして、まだ知らねばならない。

記憶の景色が移り変わった。

だいぶ日数が経った頃合いのようだ。

ただの岩場だった場所には草だけではなく花が咲き、そこから渾々《こんこん》と湯がわき出ている。

わき出た湯は川となり、くぼみに小さな池を作っていた。

その場所へ白い神使が訪れる。シロだ。

シロは乞うように頭《こうべ》を垂れて鳴いていた。

彼は選択を誤ったのだ。

選ぶべきではない命を選んだ。

その代償として、多くの同胞が死んでいる。このままでは、四国だけではすまない。稲荷の神である宇迦之御魂神への信仰にも関わった。

シロは再び懇願しているのだ。

多くの同胞が死んだ贖罪をしている。

赦してほしくて鳴いていた。

『今更都合がよいと思わぬか』

贖罪を聞いているのは、天之御中主神であった。

口調は淡泊で、なんの感情も見えない。シロに対する怒りも嘲笑も、同情も、なにもうかがえなかった。

どこまでも自分は公平である。選択を誤ったのはお前だ。そういう態度のように見えてしまう。

実際はそうなのだろう。

神々の視点では、天之御中主神は正しいのだ。

神は中立で公平で、そして、傲慢で気まぐれである。他者を試しては加護や厄災を与えた。

それが神だ。

天之御中主神はそんな神々の誰よりも最初に出でて、世の終わりまで見届ける。ある意味で、どの神よりも優れていた。そして、神々からも畏怖される。

どこまでも神らしい。

『其方の命一つで赦せと？　言ったはずだ。あれは摂理を曲げる行為である、と。それで対価がたったの一つであるはずがなかろうよ。それとも同胞よりも、真っ先に其の命が奪われておれば幸せだったとでも？　それでよいなら、ずいぶんと気楽よの』

天之御中主神が問うとシロはなにも返せぬようであった。ただ尻尾と耳をさげている。

もうやめてあげて。

これ以上は……九十九は何度も目を背けようとした。

宇迦之御魂神の言う通り、天之御中主神に対する憤りもある。だが、それよりもシロを見ていられなかったのだ。

今、目の前に見えているシロは、湯築屋のシロとは違う。

けれども、重なる。

ときどき見せていた苦しそうなシロに。思い悩んで、逃げ出してしまいそうなシロに、よく似ていたのだ。

『わかった。望み通りに、其の命をもらってやろう』

その答えは気まぐれだと、誰にでもわかった。

天之御中主神はふわりと軽やかに岩場を蹴る。身体が重力に反した動きで浮きあがり、シロのすぐ目の前におり立った。

シロの視線に応えるように、天之御中主神は手を差し出す。そして、期待するシロの頭をなでるように触れた。

すると、天之御中主神の身体が薄く透けていく。まるで煙か霧のように、そこからスゥッと消えていなくなってしまった。

残されたのはシロだけだ。

一匹の神使だけが岩場の前にいる。

天之御中主神が消えたあと、シロはすぐに走り出した。その足は、どんな生き物よりも速い。月子を乗せて走った、あの夜のようだ。

風のように木々の間を通り抜け、一箇所を目指す。

その先にあるのが月子のいる神社だと、ずいぶん走るまで九十九は気がつかなかった。地理の感覚がないからかもしれない。

やがて、簡素な神社まで辿り着く。

参道の左右にあった稲荷像は、二体ともない。

脇を素通りして、シロは粗末だがしっかりと手入れされた木造の建物へ駆け込んでいく。

嵐の日、月子が出てきた建物だ。

ここが月子の家なのだと思う。

シロは前足を器用に使って家に入った。

決して裕福とは言えないが、粗末でもない。慎ましやかな生活が伝わってくる。その家の中で月子が寝ていた。

薄い掛け物が呼吸にあわせて上下している。

大きな怪我などは見当たらなかった。とても、木の下敷きになったとは思えない。命を吹き返し、傷は本当に癒やされたのだろう。

「…………」

シロが顔を舐めると、月子が薄く目を開けた。

月子は虚ろな視線で状況を確かめていたが、やがて身を起こす。

「ん……」

怪我はなさそうだが、少し動きにくそうだ。まだ安静を保って眠っている状態だったのだと思う。

九十九は月子をながめて気づく。

神気の質が変わっている。

それまでも神気の強い女性であった。

だが、もっと違うものに変化しているのだ。

道後温泉から感じる神気に近い——湯築の人間である登季子、いや、九十九の神気に近づいている。

否、近いなどというものではない。

今の月子は九十九の神気とあまり違わなかった。

なにが原因なのかは、直感でわかる。

天之御中主神が岩場にわきあがらせた湯だ。あの湯に触れて月子は命をとり戻し、神気の質が変化した。

あれは道後温泉の湯だったのだ。

九十九は道後に伝わる白鷺伝説を思い起こしながら事象を受け止める。

「あなた」

月子の胸のうちにシロがすり寄った。いつも通り、よく月子を慕っている様子だ。

けれども、月子は顔をしかめている。

軽くあげた右手はシロの頭をなでず、拒絶を示す。

「シロ……じゃないね」

月子が言った瞬間に、シロが耳をピクリと動かす。尻尾を揺らして首を傾げ、「なんのこと?」と問うようであった。

けれども、月子は怯《ひる》まない。

自分の前にいる神使の目を見て、少しもそらさなかった。

『ふむ』

真っ白い狐が月子から一歩離れる。

その途端に、神気が変質した。というより、隠していた神気が外にあふれ出てくる。まるで、表と裏がひっくり返ったようだ。

九十九でもわかる。

シロではない。

天之御中主神であった。

姿はシロだが、中身――本質は異なっている。外郭はシロなのに、すっかりと中身が入れ替わっているようであった。喩えるなら、着ぐるみだろうか。

『言っておくが、身を差し出したのは此奴《こやつ》だぞ』

「そうね」

シロは苦しんでいた。

自分の選択のせいで同胞をたくさん死なせてしまったのだ。自分の命で贖おうとしたが、それで払い切れる代償ではなかった。

摂理を曲げるとは、そういうものだ。

神使という存在でありながら、間違ってしまった。

「馬鹿な子……」

一人の女性と摂理、どちらが大切かわからないはずがない。助けてもらった立場の月子にだって、シロが間違ったとわかっていた。

「それでも、起きたことは仕方がないのに……」

『其方のため、いや、決断だぞ』

「そう。だから、シロだけの責任にはできないね」

月子の声は達観していた。

シロの選択は誤りだ。

しかし、そうさせてしまったのは自分だと自覚もしている。彼を責める気はない。起きたことを、ただ受け入れていた。

『其方は赦すのか？』

「赦す、赦さないの問題じゃないの。こういうのは……私たちは神様じゃないんだ。これから、どうするかのほうがよっぽど大事なんだよ」

神は赦せなければ罰を与える。

だが、人は違うのだ。

罰を与えられ、償えば終わりではない。

そのあとも生きていかなければいけない。いくつも選択に迫られて、そのたびに間違ったり、先に進んだりする。

「シロは馬鹿なことをしたと思う。でも、私は……シロだけに背負わせたくない」

『このままにもできるぞ。狐がどれだけ死のうが、其方には関係せぬ。罰は其方に科せられたものではないからな』

天之御中主神の言葉は至極まっとうであった。

月子はシロと関わらずに生きる道も選べる。天之御中主神のことも忘れ、そのまま生活すればいいのだ。

むしろ、シロはそれをねがっている。

彼にとって、月子が生きていてくれればよかったのだから。だからこそ、天之御中主神からの提案を受け入れて、月子の命を繋いだのだ。

「でも」

月子は声のトーンを落とした。

「助けると選択したのはシロだけれど、それを迫って実行したのは、あなただよね」

月子に指摘されて天之御中主神は目を細めた。

興味深そうに彼女の言葉を聞いている。

「身勝手じゃないかな」

その論は宇迦之御魂神と同じであった。

けれども、人間であり、神に仕える月子の口から出るべき言葉ではない。

『我が罪を問おうと言うのか。人が？』

「神様が絶対だなんて、思わないもの。とても強い存在なのは否定しようもない。でも、神様だって信仰がなくなれば堕神になって消える。あなたたちは、人間より優位で高いところから見おろしながら、その実、人間の信仰に依存しているの。矛盾していると思わない？」

『我は違う。其方らの信仰などに依存せず生まれ出でて、世界を見届ける』

「あら、ごめんなさい。あなたが私を人間と括るから、私もつい神様と括ってしまったね。

でも、何事にも例外があると、今あなたが証明した」

月子は微笑んだ。

「神様は間違える。絶対で完璧なんてありえない。それをあなたは証明したの。あなたは自分の意思で私を助け、間違えたの。そして、咎をすべてシロに科した……そうではないと言い切れる？　私は間違えているのかな？」

『………』

とても強い表情だと思った。

凛としていて、美しい。

月子の言葉は明朗で、その視線はまったく揺れなかった。

なにも間違いは言っていない。逆に神の在り方を問うている。そこには強い意志があり、決意もあった。

神と渡り合う覚悟である。

恐れず、一歩も譲る気はない。

そういう強さがなければならなかった。そうでなければ、天之御中主神が黙ったまま彼女に言葉を続けさせない。

『なるほど』

天之御中主神の声は静かだった。

声を発したのに、辺りがシンと静まりかえっているかのような錯覚に陥る。

『我にも咎を負えと』

「そうよ」

月子は事もなげに言い切った。本当に淀みがなく、声を聞いているだけで、清流で泳いでいるかのような気分になる。

だが、九十九は月子の肩がかすかに震えているのを見た。

この人だって、人間なのだ。

九十九と同じである。

そこに弱さと脆さを見たが……何故だか、それも彼女の強さだと思えた。

月子は——人は強い。そう教えられている気がする。

『其方も背負う覚悟は——問うまでもないか』

天之御中主神は前足をそろえて座った。

『認めよう。我は其方に興味があった。考えた通り、とんでもない女であったな。面白いの』

天之御中主神の神気がだんだん変質していく。

シロという器に入っていたものが、どんどん溶けあって一つになっていった。こんな神気の変化の仕方は初めてで、九十九は目を見張る。

同時に気づいた。

この神気には覚えがある。

神使のシロでも、天之御中主神でもない。

今現在の湯築屋を覆う結界——神様であるシロの神気と同質であった。

『我は檻に入ることにしよう。虚無から世の終焉を待とう。それが摂理を曲げた我への咎とする』

天之御中主神の姿が変わっていく。

前足は白い肌の腕になり、黒髪が肩から落ちて紫水晶のような瞳が月子を見据える。

周囲が月子の家ではなくなってしまう。

黄昏にも似た藍色の空間が広がっている。

周りにはなにもなく、なにも聞こえない。

これは……。

湯築屋の結界だった。

『この結界《檻》は此の神使そのものだ。否、もう神使とは呼べぬかの……此処で終焉まで囲われてやろうではないか』

天之御中主神の言う通り、それはもう神使と呼べる代物ではなくなっていた。天之御中主神と一つに融合したことにより……一柱の神となっている。

間違いなくシロだった。

稲荷神白夜命と呼ばれる神であり……神使であった彼でもある。そして、天之御中主神でもあった。

だが、きっとそうではないのだ。

天之御中主神の言う通り、元々のシロであったものは結界そのものとなっている。更に、天之御中主神がおさまる身体もシロで構成されている。

融合しているが、天之御中主神はシロの中にいるのだ。一部が融けあってあいまいになっているけれど、その区別をつけようと思えばつけることができる。

一柱であり、二柱のような存在。

とても歪だ。

不安定で、けれども、どの神の一柱よりも強い。

「宇迦之御魂神様……シロ様は――」

隣で見守っていた宇迦之御魂神に確認しようと、九十九は声を発する。だが、その瞬間、異変に気づいた。

「え……！」

九十九の足元が揺らいでいた。

空間があいまいで不安定になり、底が抜けそうだ。

ここは虚無のようなものである。足がつかなくなれば、どこまで落ちるかわからない。

先ほどの雷と一緒だ。

九十九に記憶を見せたくなくて、シロが拒絶しているのだ。

いつの間にか、宇迦之御魂神の姿も見えなくなっている。どこへ行ってしまったのだろう。考えている間もなく、九十九は虚無の中へと落ちていった。

「い、い、いやぁあああ！」

夢とは思えない感覚だった。

本当にどこまでも落ちてしまいそう。

九十九は叫びながら、上に向かって手を伸ばした。

落ちるのが怖い。

助けて。

そうではない。

違う。

「わたし！」

どちらが上なのか下なのかも、わからなくなってきた。ただ落ちて、墜ちて、堕ちていくだけの感覚が恐怖心を煽る。

それなのに、九十九が叫んだのは別の感情によるものだった。

「わたし！　追い返されたりしませんから！　シロ様なんて、怖くないんです！」

ここで引き返したりなんてしない。

絶対に帰らない。

「ちゃんと見るまで……シロ様のこと、全部知るまで！　絶対！　帰りません！」

九十九はポケットの中を確認する。

「稲荷の巫女が伏して願い奉る　闇を照らし、邪を退ける退魔の盾よ　我が主上の命にて、我に力を与え給え！」

シロの髪の毛がおさまった肌守りを手に、九十九は退魔の盾を形成する術を叫んだ。すると、九十九の下方に大きな白い光が広がる。

退魔の盾は薄布のベールのように、優しく九十九を受け止めた。

「ひゃっ」

しかし、これはシロの力を借りる術である。

盾は一瞬だけ九十九の落下を緩和したが、すぐに霧散して消えてしまう。

ここでは九十九の使える術は通用しない。

どうしよう。

これでは、ただ落ちていくだけだ。

「…………」

ふと、手の中を見る。

白い羽根が目にとまった。

シロからもらった——天之御中主神の羽根だ。

「今更、往生際が悪いんですってば！」

とっさに羽根をにぎりしめながら叫ぶ。

すると、周囲の虚無を洗い流すほどの強すぎるまぶしい光に包まれる。

天之御中主神の神気であった。

「シロ様が駄目なのは、ずっとずっと変わらないんですから……今更なにされたって、嫌いになんてなりません！　いつも、そう言ってます！」

虚無を落ちていた九十九の身体に衝撃が加わった。

やわらかい。

ベッドの上、否、もっと……まるで、雲の上に落ちたようだった。

確認すると、九十九の身体を守るように大量の羽根がクッションとなっている。

——きっとすぐに忘れる。でも、思い出すときは近いはずだよ。だから、準備をしておかないと。

いつかの夢で月子から習った術だった。

ずっと忘れていたけれども、はっきりと思い出す。

月子は夢でいろんな巫女の術を教えてくれた。

天之御中主神の力——この羽根を依り代にした力の使い方だ。

九十九は大量の羽根の上に立ちあがった。

まだ足場はない。出現させた羽根の上を歩いている状態だった。

「シロ様……ここを通してください」

おねがいだから、追い出さないで。

最後まで見せてください。

念じながら足を前に出すと、羽根の足場も広がった。そうやって、一歩一歩進みながら自分の道を繋げていく。

「シロ様」

突然、目の前に障子が現れた。

なにもない虚無の中に障子が一枚だけ立っているものだから、とても奇妙である。

しかし、九十九はここを進めばいいのだと確信した。

そして、障子を開く。

虚無の世界に続きができた。

障子の向こうに座っている人影が見える。

「そこに……いらっしゃるんですか？」

その影に、九十九は声をかける。

「月子……？」

ふり返ったのは、シロだった。

真っ白い髪の上に、ピンッと狐の耳が立っている。尻尾がゆるりと揺れて動く様がなんともやわらかそうだ。藤色の着流しも、濃紫の羽織も……九十九の知っているシロであった。

九十九はシロに歩み寄りながら、優しく笑う。

「いいえ」

月子と間違えたことは問わない。

ただ訂正をした。

「わたしは、九十九です」

すると、シロは「そうか」と寂しそうに目を伏せる。

「すまなかった……」

夢の中なのに、本人と話しているような気分だった。

いや、実際これはシロだと思う。ここにいるのは、シロの本心——本質なのだと解釈した。

誰にも見せなかった、シロの一番奥深い心だ。

今まで、辿り着いたのは九十九だけである。

「近くへ行っても、いいですか？」

「構わぬ」

許可を取ってから、九十九はシロに近づく。

足場が崩れたりはしなかった。きちんと地面を歩いているという感覚がある。とはいえ、周囲の景色は変わらず虚無だ。いつの間にか、障子も消えていた。

「此処まで来たということは、見てきたのだろう？」

シロの記憶を見てきたのかという意味だ。

長い旅のような記憶である。

九十九はその一切から目をそらさず見届けてきた。

「はい、見ました。でも、途中で宇迦之御魂神様とはぐれてしまって……」

「あれは気にするな。その程度で呑まれたりはせぬ」

「そうですか。それなら、安心しました」

九十九はシロに向きあって座った。

いつもなら、なんとなく隣に座っていたと思うが……今はシロの顔を見て話したかった。少しも目をそらしたくはなかったのだ。

見られていると察したのか、シロのほうは気まずそうである。

「結界《ここ》は檻なのだ」

だから、シロは湯築屋の結界から離れられない。強い結界を維持するためだと聞かされてきたが、そうではなかった。

そもそも認識が間違っていたのだ。

シロが結界を作り出しているのではない。

結界がシロそのものなのである。

天之御中主神を囲うための。

「神としての儂は歪んでおる。稲荷神などと名乗っておるが、この姿だって、宇迦之御魂神を真似たに過ぎぬ。儂の本質は別の神だからな」

シロはぽつぽつと自分のことを語り出した。

すると、蜃気楼のようにシロの姿が揺らぐ。

白い髪は濃い黒へ。耳も尻尾もどこかへ消え、背中には真っ白な翼が現れた。

天之御中主神の姿である。

こちらが本来の姿なのだ。だから、九十九と二人で撮った写真には、シロはこの姿で写り込んでしまったのである。

普段のシロは仮の姿だ。宇迦之御魂神を模した姿なのだ。

それゆえに、シロと宇迦之御魂神の姿は似ている。

「それで、シロ様はその姿を嫌がっていたんですね」

「嫌がるなどと……子供のように言うな」

「すみませんけど、それは無理ですね。普段が普段なので」

「九十九が辛辣で、儂は悲しい……」

シロは稲荷の神使から稲荷神となっている。

最初は自分の在り方に苦悩した。

神使としてのシロと、神としてのシロは完全に変質した存在だが、同時に同質でもある。

天之御中主神の記憶や考え方、経験も自分のものとして共有された。

自己が完全に変異して、別の神格になってしまったのだ。

まったく違うが、まったく同じ。

神の概念では理解は容易《たやす》いだろう。神々は時代や信仰の変遷と共に、その在り方を変えてきた。

しかし、本質は変わらない。シロもそのような神々と同じになれればよかったのかもしれない。

認めてしまえばいいのだ。

同質のものであると認め、主導権を明け渡してしまえばよかったのだろう。天之御中主神はシロという存在をわけ、核を残した。それさえも捨てて、すべてを委ねてしまえばよかったのだ。

だが、それはできない。

シロには、できなかった。

そして、これは罰だ。

償いとしてシロは天之御中主神の檻となり、永遠に存在している。世の終わりを見届けるために。

「シロ様……」

それはどれだけ孤独なのだろうと、九十九は考えた。

永い永いときを、ずっと存在し続けなければならない。やがて、誰もに忘れられても――誰もいなくなっても、堕神とならず、終焉まで。

「でも、それって……やっぱり、傲慢ですよね」

九十九は思ったことを率直に言った。

シロは怪訝そうに眉を寄せている。

「檻に入ると言いながら、天之御中主神様はシロ様に役目を押しつけている気がします。

実際にときを過ごしているのは、稲荷神になってしまったシロ様で……天之御中主神様は眠っているみたいなものですよね？　なんか、ずるくないですか？」

別の神という体《てい》をとり、シロに主導権を渡していると言えば聞こえはいいが、これは怠惰ではないか。自分が退屈で過ごしたくないと思う日々をシロに押しつけているだけだ。

「そのような考え……やはり、九十九は月子に似ているのだな」

「え？」

シロは少しだけ笑ってくれた。

「月子は……この檻を否定した。孤独になる必要はないと言ったのだ」

結界の檻にはなにもないのなら、なんでも引き入れればいい。ここには決まった規則などないのだ。

だったら、シロが好きなように決めてしまってもいい。

月子はそう言って笑ったのだという。

——永遠にシロがここにいるなら、暮らしやすくすればいい。私がずっと、あなたを独りにしないから。ちょうど、神気の強い温泉もわいたことだし、宿屋にでもしましょうよ。神様たちをお呼びすれば、きっとにぎやかになるから。

月子の提案により、湯築屋がはじまった。

シロは動けないが、結界にはいろんなものを引き入れられる。

そうやって宿を作り、神々を呼び、この結界をただの虚無にしなかった。

月子はシロの妻となり、生涯を尽くす約束をする。

けれども、彼女は神の力で生き長らえたとはいえ、人間だ。

老いて、やがて死んでいく。

永遠に一緒になどいられなかったのだ。

「親から子へ、繋いでいけば人も永遠となれる……月子の遺志によって、代々湯築の巫女が選ばれ、受け継がれておるのだ」

シロの声が沈んでいくので、九十九はだんだん不安になった。

「そうやって月子は神に抗い、戦った。しかし――それは、お前たちを縛る行為だ。儂の償いのために、お前たちを縛っておる」

シロはずっと後悔しているのだ。

そうして、自分の存在を厭《いと》っている。

だから知られたくなかった。

自分の成り立ちも、罪も、月子の決意も……すべてシロによって引き起こされたことだから。

歴代の巫女たちにも、シロが天之御中主神と同一であるという最低限の情報しか伝えられていなかった。

そして、夢を通じて天之御中主神の力の一部を使えるようになる。月子は寿命で亡くなったが、夢の中で意識が残り続けているのだ。

九十九の場合は月子と非常に近い神気を持つため、夢の奥まで踏みこんでしまえる。だから、シロは幼いときよりなにも教えることができなかったのだ。夢の記憶も消されてしまった。

「シロ様って……怖がりですよね」

こんな夢の奥底に大切な記憶をしまい込んで。

巫女に知られるのを恐れて、九十九の夢にまで干渉して。

本当にシロは怖がりだ。

臆病者である。

「わたし、巫女が嫌だとか言ったことないですよ。シロ様に束縛されたのが嫌だったなら、もっと早くにグレてます」

九十九は今の自分が好きだ。

巫女らしいことができているとは思わないけれど、若女将としてお客様のおもてなしをしている。

その生活は楽しくて、もう九十九の生き甲斐になっていた。

「わたし不安だったんです。巫女らしくないし、シロ様のお役に立てているのか、わからなくて……でも、安心しました」

九十九は向かいあったシロの両手をにぎる。

そして、勢いをつけて立ちあがった。

つられてシロも立ちあがる。

その瞬間、周囲に白い羽根が舞う。どこからふってくるのか見えないが、まるで綿雪のようで美しかった。

「わたし、シロ様のお役に立てているんですよね？」

シロを孤独にしない。

それが月子の決断だ。だから湯築屋を建て、たくさんのお客様をお呼びした。

であれば、湯築屋を守るのは、月子の決断を継ぐことだ。そうやって受け継いで、シロを守っている。

九十九の行いは無駄ではない。

ちゃんとシロの役に立っている。シロの巫女として、妻としての役割を果たしているのだ。

迷惑をかけていないか。

シロはどう思っているのか。

ずっとずっと、気になっていた。

しかし、違うのだ。

「シロ様」

九十九はシロの手をとったまま、頭上を指さした。

虚無だった藍色の空に太陽のような光が射している。

「わたし、シロ様に伝えたいことがあります。聞いてくれますか？」

今ではなく、直接言いたい。

だから、もう起きましょう。

夢の時間は終わりです。

「嗚呼」

九十九の手を、シロが強くにぎり返した。

4

夢からの目覚めは良好だと思っていた。

だが、存外、瞼が重い。

上手く起きることができなかった。

ぼんやりとした視界でながめているのは天井だ。灯りがついていてまぶしい。その光が目にしみて、九十九は再び目を閉じてしまいそうだった。

「ん……」

それでも、九十九はなんとか身体を起こそうとする。だが、関節が痛くてなかなか起きられない。パキッと音までした。

いつもより、身体が重い。どうしてだろう。

「起きたのかしら」

声がかかって、九十九はようやく部屋に一人ではないと気がついた。

布団の脇には宇迦之御魂神が正座している。

「宇迦之御魂神様……？」

最初は頭がぼんやりしていたが、仮にもお客様だ。寝起きを見せるものではない。

九十九は慌てて飛びあがった。

「う……お、おはようございます！」

「おはよう。目覚めはどうかしら？」

宇迦之御魂神は聞きながら、マグカップに入った水を勧めてくれた。九十九は一旦落ち着こうと、それを受けとる。

「ありがとうございます……」

口で冷たい水をちびちび舐めると、頭が冴えてきた。

「…………」

そうしているうちに、だんだんと夢のことを思い出す。

もちろん、覚えていた。

今度はしっかりと覚えている。

なにがあったのか、そして、どうしてなのか。

今ならしっかりと説明できた。

「宇迦之御魂神様、ありがとうございました」

マグカップを置き、九十九は改めて頭をさげる。

宇迦之御魂神は夢の中で九十九を導いてくれた。彼女がいなかったら、九十九は夢の奥まで辿り着けなかったのだ。

そして、宇迦之御魂神はこのためだけに湯築屋へ来館している。

「礼には及ばないのだわ」

宇迦之御魂神はそう言いながら、九十九の頭をなでてくれる。

「それより、おめでとう。誕生日、今は生まれた日を祝うのよね？」

「え？」

誕生日？

九十九は目を見開いた。

まだ三日、いや、一晩寝たので二日先のはずだ。

「あ……」

まさかと思ってスマホを確認し、九十九は驚いた。

「三月二十三日……」

思っていたよりも日付が進んでいる。

長い長い夢に感じたが……本当に長い時間を寝ていたらしい。いつの間にか、宇迦之御魂神が言う通りに誕生日が来ていた。

十八歳である。

特に大人になった実感などない。

ただ「歳をとったのだ」と自覚するだけだ。昔は、あんなにわくわくしていたのに、十八回目ともなると感動も感慨も薄れてしまう。

シロとの約束は十八になる夜であった。まさか夢の長さまで考慮されていたとは思っていなかった。

「ありがとうございます」

九十九は実感がないなりにこそばゆい思いをしながら、部屋を見回す。

「あの……」

「白夜なら、さっき出て行ったわよ」

質問を先読みされてしまっていた。

宇迦之御魂神は肩を竦めて、窓の外に視線を移す。

「あなたが起きるのを待っていたのだけど、いざ意識が戻りそうになると逃げ出してしまったのだわ。まったく……困った子」

この期に及んで、往生際が悪すぎる。

本当に臆病だ。

九十九も宇迦之御魂神と同じように笑みを浮かべてしまった。

「わたし、シロ様に言いたいことがあるんです」

九十九はゆっくりと立ちあがった。

関節が痛い原因は、三日も寝ていたからだとわかっているが、身体が重い。やはり、しばらく動いていないと人間は駄目なようだ。

「失礼します」

「いってらっしゃいな」

宇迦之御魂神に見送られて、九十九は部屋を出た。

そういえば、パジャマのままだ。けれども、気にしない。

「あ、つーちゃん。おはよう」

母屋の一階におりると、キッチンで幸一が朝ご飯を作っていた。そういえば、スマホで日付は確認したが、時計を見ていなかったのを思い出す。幸一が厨房ではなく母屋のキッチンにいるということは、かなり朝早いに違いない。

「お父さん、おはよう」

お味噌汁の香りがする。温かくて、ほっとする和風だし……飲むと気持ちが落ち着くに違いない。

ずっと娘が眠っていたのに、ずいぶんと落ち着いている。きっと、みんな九十九が起きるとわかっていたのだろう。

それでも、みんな知らない。

シロの一番深い秘密を見たのは九十九だけ……。

「つーちゃん、誕生日おめでとう。昨日メールがあってね、トキちゃんも夕方には帰ってくるって」

「ほんと？」

「うん。ゼウス様も一緒だってさ」

「じゃあ、ヘラ様もいるね」

「そうだと思うよ」

幸一はお味噌汁の味を見ながら笑ってくれた。今日はケーキを作ってご馳走にしよう。そんな言葉を続ける。去年は三段の本格ケーキを作ってくれたので、今年もちょっぴり期待してしまう。

「お父さん、ありがとう」

「もうすぐ、ご飯できるよ……僕にはこれくらいしかできないから」

幸一は支度を続けた。お魚がこんがりと焼けるいい匂いもする。食卓には、すでに簡単なサラダが並んでいた。

「お父さん、ごめん……わたし、先にシロ様を探してくるね」

せっかく朝食の支度をしてくれているのに、なんだか悪い気がした。それでも、幸一はふり返りながら、「わかったよ。行っておいで」と笑ってくれる。

九十九は急いで母屋を出た。

足元はサンダルだが、気にしない。

「はあ……はあ……」

シロはどこにいるだろう。

一瞬だけ考え、すぐに答えが浮かんだ。

シロが九十九から隠れようとするときは、いつも同じ場所である。

迷わず、そこを目指す。

湯築屋の庭でも一番高い場所だ。季節によって樹の種類は変わっているが、ながめは同じである。

九十九は菜の花が咲き誇る黄色い庭を駆けていく。近くを横切ると、黄色い花びらが幻想的に舞いあがるように散った。幻以外では、見られない光景だ。

その先に大きな桜の樹を見つけて、九十九は足を速めた。

この場所だけ、地面が花弁で桜色だ。

「シロ様、やっぱりここにいた……！」

薄紅色の花の間から見える藤色の着流しに声をかけた。すると、太い枝から見おろすようにシロが顔を出す。

逃げる様子はないようだ。

「そっちへあがりますね！」

九十九は慣れた口調で桜の幹に飛びついた。けれども、すぐに大きな枝が腕のようにグニャグニャと曲がって、九十九の身体を捕捉した。

UFOキャッチャーのように宙づりで持ちあげられて、ストンとシロの目の前におろされる。

こうされるのは、何度目だろう。

「おはようございます、シロ様」

ここは現実の世界だ。さっきまで夢で話していたように思うが、目覚めのあいさつが必要だろう。

「嗚呼、おはよう。九十九」

九十九にあいさつされ、シロはようやく返してくれた。

「…………」

「…………」

なにから話そうか。

急いでやってきたけれど、言葉が上手く出てこない。なにを話すつもりだったのか、忘れているわけではないけれど……上手く言語化できないのだ。

九十九は考えた。

「まず……ありがとうございました。きちんと教えてくれて……」

シロに隠しごとをされるのが嫌だ。そんな子供っぽい不信感を抱いていたこともあったのを思い出す。

あのときとは心持ちが違うとはいえ、やはり教えてもらえると九十九だって嬉しい。

「ときどき、お見えになっていたのは天之御中主神様で、よかったんですよね？」

「気まぐれにな」

天之御中主神の話をするとシロは複雑な表情をした。

気分はよくないようだ。

「あれは普段から意識の下にいるが、基本的には傍観しているだけだ。害はないが……気まぐれに出しゃばってくる……まあ、儂であることには変わりないのだが。乗っ取られたような気がして好かぬ」

たしかに、シロの言う通り天之御中主神が表に出るときは、乗っ取られているとも言える言動だった。

シロとはまったく異質の存在になる。同一であるはずなのに、一筋縄ではいかない。

「ところで……シロ様はどうして、わたしに知られたくなかったんですか？」

九十九はシロのことを知った。

もう隠しごとはないはずだ。そう信じている。

そのうえで気になったのだ。

「天之御中主神様と融合しているのは、他の巫女も知っていたんですよね？　じゃあ、なにが知られたくなかったんですか？」

「なに、と……」

「はい、なんですか？」

九十九の質問にシロは戸惑っているようだった。

「だから……儂のせいで巫女を縛っておる。身勝手な理由だ」

「それは夢の中でも聞きましたけど、ズレている気がします。だって、変です。縛っているなんて言い方は好きじゃありませんけど、それなら、いっそ教えてくれたほうがいいじゃないですか。巫女はいなくてもシロ様は生きていけます。だったら、自由にするために全部話したほうが、シロ様もそんなくだらない理由で悩まなくていいんじゃないですか？」

「く、くだらな……!?」

九十九の言っていることは間違っているのだろうか。むずかしいだろうか。

「月子さんには悪いですけど、シロ様のお守《も》りをする義理はわたしたちにないわけで」

「お守り……だと……九十九よ。言い方がいつにもなくあんまりではないか？　儂、かわいそうではないか？」

「話をそらさないでくださいってば」

「だって、その言い方は儂が傷つくのだ！」

シロの駄々は、とりあえず無視だ。

九十九は気を取りなおした。

「縛っているという言い方をするのなら、黙っているほうが不誠実です。その点においては、シロ様が悪いと思います……だから、どうして黙っていたのか気になるんです。それは教えてもらえないんですか？」

九十九はとても真面目だった。

夢の中では聞かなかったことである。

どうしても、シロの口から聞いてみたかったのだ。

「それは……湯築の巫女は皆月子の神気をよく受け継いでいる。儂は……結局のところ、お前たちを手離したくなかったのだと思う……だから、身勝手だ。彼奴《天之御中主神》を傲慢で気まぐれだと評しながら、その実、儂も同じことをしておる……」

シロは九十九から目をそらしながら言葉を繋げていく。ときどき、辿々《たどたど》しくて淀んでしまうが、それでも話してくれようとしていた。

「月子が忘れられなかった。いつか月子にまた会えるのではないかと期待していたのだ」

巫女たちが受け継ぐ神気や血筋。その中に見える月子の面影が懐かしくて、愛しくて。なによりも大切だった。

命まで懸けて、摂理まで曲げて……シロがそうまでして救おうとした女性だ。亡くなったからと言って、簡単に忘れられるものでもなかった。

シロ様は……本当に月子さんが好きだったんだ……九十九は聞いている間に、胸の奥がキュッと締めつけられる気がした。

「九十九が生まれたときは、儂も驚いた」

「月子さんの神気に近しかったからですか？」

「……そうだ。また月子に会えたと思った」

ずっとシロは変わらなかったのだ。

神の一柱となる前、神使として月子に甘えていたころと、シロはなにも変わっていなかった。

今もずっと、彼は月子を探していたのだ。

「だが、同時に儂が見ていたのは、都合のよい幻だと気づかされた」

「幻？」

「儂は勘違いをしていたのだ」

シロは自分の表情を隠すように、右手を顔に当てた。少しでも九十九の目から逃れようとしているみたいだった。

「月子は帰ってこない。いくら待っても……神気が近しかろうと、面影があろうと、心根が似ていようと……九十九は月子ではないからな」

神々は本質を重視する。

どれだけ形が変わっていようと——似ていようと、その本質を見抜けば惑わされることはない。

それにずっと気づけなかったシロは、選択を間違えたときのままだったのかもしれない。

「わたしが月子さんにはなれなくて、がっかりしましたか？」

「がっかり……落胆か。そうだな」

シロの顔がよく見えなくて、九十九は不安になる。

九十九はシロを落胆させてしまった。

月子ではないから。

シロはこんなに月子のことが好きなのだ。彼女を思い続けて、ずっと湯築屋で過ごしている。

その先に、月子と同じ人間などいないと知って……。

「儂は月子を二度失った。もうこれ以上の苦痛はないと思っておった」

シロの声が震えている。

怯えたように、苦しそうで、消えてしまいそう。

九十九は顔をよく見ようと、シロの右手に触れた。意外とすんなりと顔を隠していた手はおろされ、琥珀色の瞳と目があう。

「九十九は月子ではない。だのに、また失ってしまう」

「え……」

意味を聞き返そうとしたときには、九十九の身体はすっぽりとシロの腕の中におさまっていた。

苦しくて息ができなくなるほど抱きしめられて、なにがなんだかわからない。

「また置いて逝かれるのは、嫌だ」

人は永遠に生きられない。

老いて、いずれは死んでしまう。

神様のシロと同じ年月を、九十九が生きることは不可能だった。

「儂は……九十九を離したくないのだ。九十九にだけは見放されたくない……だから、言いたくはなかった」

月子ではなく、九十九を。

「九十九が愛しいのだ」

背骨が軋《きし》むほど抱きしめられて、九十九はなにを言われているのか呑み込んでいく。

九十九は何人もいた巫女の一人だ。

自分だけが愛されたいなんて、わがままな感情である。

想いを告げるなど迷惑だ。

そう思ってきた。

思ってきたのに……。

「し、シロ様……苦しい」

思えば、シロは常に九十九から離れなかった。

妙なわがままを言って九十九を困らせたり、過剰なスキンシップをしたり。

甘い言葉を囁くこともあった。

あれって全部……本心だった？

「え？　え？　シロ様……？」

シロはずっと、九十九に想いを告げていた。いつからなのか九十九にはわからないが、そうなのだと気づいてしまう。

九十九は生まれてからずっと巫女だった。先代とシロがどのように関わっていたのかも知らない。

あれ？

もしかして……わたしって、一人で馬鹿みたいに悩んでた？

え？　シロ様、それ本当ですか？　本当なの？　本当の本当なんですか？

でも、それ！　説明してくれないとわからなかったですよ！

「シロ様、苦しいから離してください！」

九十九はたまらず叫びながらシロの胸を強く押す。

ようやくシロの腕から解放されて、ぜぇぜぇと荒い息を深呼吸で整える。

「あの……シロ様。わたしからも……その、言いたいことが……あるんです」

だったら……言っても、いいよね？

九十九は恐る恐る顔をあげる。

だが、改まると……とんでもなく恥ずかしい。

夢から覚めるときは、すぐにシロへ自分の想いを伝えようと思っていたのに。

迷惑でもなんでもいいから、聞いてほしいと思っていたのに。

「なんだ？」

シロが首を傾げた。

背中のうしろでは、尻尾が左右にふれている。どうやら、九十九に抱きついている間に気持ちが上向きになったらしい。

こういうところは、本当にいつも通りに単純であった。

「わたし、シロ様のことが好きなんです」

もっといい言い方があっただろう。

ここへ来る前に、どうやって伝えようか考えたはずだ。

けれども、出てきた言葉はとてもシンプルだった。そして、考えていたよりも簡単に発声できた。

どんなに装飾しても無駄だと思う。

これが一番、伝わってくれると信じていた。

正直でまっすぐな、九十九の気持ちだ。

「なにを知ったって変わりません……シロ様を嫌いになったり、見放したりなんてしません。ですから、大丈夫ですよ」

安心してください。

「ずっと、ここにいます。シロ様が寂しくないように、湯築屋を守ります」

九十九はシロの手をにぎる。

夢の中と同じように。

けれども、夢のときよりも近くにシロがいる気がした。

「九十九」

シロの顔が近づく。

琥珀色の視線が熱っぽくて、目を背けることができない。顔に息がかかるほど接近すると、心臓の音で耳がどうかしてしまいそうだった。血液が溶けそうなくらい熱くなり、身体中を巡っている気がする。

これ、どうなっちゃんだろう。

このままシロ様と……わたし、どうなるのかな？

九十九はたまらず目を閉じた。

「あ！　若女将、白夜命様っ！　こんなところにいらしたんですね。朝ご飯、できましたよっ！」

コマの声だった。

どうやら、朝ご飯ができたので呼びに来たようだ。

「う……」

その声を聞いた瞬間に、九十九は頭の中が真っ白になる。

恥ずかしい。

こんな恥ずかしいところ、人に見せられない。いや、コマは狐だけど！

誤魔化さないと――。

気がつくと本能的に、肩に触れていたシロの腕をつかんでいた。そして、いつものように大きくひねる。

ここまで流れるような完璧な動作であった。長年、九十九がくり返してきて身体が覚えている。

「いだだだ！　つ、九十九ぉ⁉」

腕をひねられたシロが呆気なく樹から落ちていくところまで、もはやテンプレートだ。

綺麗に決まると逆に清々しい。

「あ……」

だが、この段になって九十九は我に返った。

やってしまった！

ついつい、いつもみたいに雑な扱いを……！

後悔したときには、後の祭りだ。樹の下からシロが「九十九ぉぉぉおお！」と拗ねた声で叫んでいた。
なんだかんだと、いつも通りである。
こうやって、湯築屋の日常が営まれる。

カランコロン。

古き温泉街に、お宿が一軒ありまして。

傷を癒やす神の湯とされる泉——松山道後。この地の湯には、神の力を癒やす効果があるそうで。

そのお宿、見た目は木造平屋でそれなりに風情もあるが、地味。暖簾には宿の名前である「湯築屋」とだけ。

しかしながら、このお宿。普通の人間は足を踏み入れることができないとか。

でも、暖簾を潜った客は、その意味をきっと理解するのです。

そこに宿泊することができるお客様であるならば。

そう。

このお宿は、神様のためにあるのだ。

終．受け継がれる営み

湯築屋の流れは代々受け継がれてきた。

少しずつ少しずつ繋いで……永遠にしていこうと、努力している。

それは、たった一柱の神のためであった。

だが、こうやって継いでいくことで湯築屋は、もっともっと多くの意味を持った宿になっていたのだ。

湯築屋を訪れた神々が満足できるようにおもてなしをくり返してきた。

その行為は、他の誰のためでもない、お客様のためである。おもてなしの積み重ねに意味がないなど、ありえない。

シロだけではない。

お客様みんなが幸せになればいい。

存分に楽しんで、癒やされて、幸福になって帰っていってほしい。そして、できればまた訪れてもらいたいのだ。

何世代あとでもいい。

また来てほしかった。

神様だって、癒やされたい。

そのお手伝いを、湯築屋がしたかった。

九十九はそんな思いで接客をしていきたいと思うのだ。


「どうぞ、またいらしてくださいね」

今日も、また一柱のお客様をお見送りする。

「ええ、是非。どうせ、定期的に来るけれど」

宇迦之御魂神は軽く笑って玄関へおりる。

「シロ様の休息ですよね」

以前に宇迦之御魂神が来館したときの理由だった。

半世紀に一度の頻度で、シロは結界の維持を宇迦之御魂神に委任するのだ。その間は休息している。

それを最初に聞いたときは、何故、宇迦之御魂神なのか疑問だった。

けれども、シロは元々彼女の神使である。シロに代われる神気の持ち主は宇迦之御魂神しかいないのだ。

「そう。でも、またあなたにも会いにくるつもりよ」

「はい。わたしも、是非お会いしたいです」

「なんと言っても、白夜のお気に入りですからね」

「お、おおおお気に入りって……！」

なんとなく、恥ずかしい呼ばれ方だ。

九十九は顔を真っ赤にしながら、背中を丸めた。

「ありがとうね。本当に……あの子をよろしく頼むのだわ」

「こちらこそ、お世話になりました！」

宇迦之御魂神がいなければ、九十九はシロを知れなかったのだ。感謝しきれない。今回は本当にお世話になってしまった。

「あんなに毎日楽しそうな白夜を見るのは久しぶりなのよ。少しの間だけだったとしても、ね……じゃあ、必ずまた来るわ」

宇迦之御魂神はそう言って、湯築屋を出ていく。

「ありがとうございました！」

九十九は他のお客様と同様に頭をさげて見送った。

けれども、お客様が去ったあと。

九十九はすぐに笑うことができなかった。

「…………」

少しの間。

宇迦之御魂神の言い回しが胸に刺さっていた。

そして、シロの言葉が浮かんでくる。

——また置いて逝かれるのは、嫌だ。


九十九は人間だ。

永遠には生きられない。

悠久のときを過ごすシロと一緒に、ずっと寄り添うことはできないのだ。

九十九にとっては「一生」でも、シロにとっては「少しの間」である。その現実を改めて突きつけられて、九十九は胸が痛くなった。

シロにとって、九十九が大切であればあるほど——。

本当に、これでいいのだろうか。

九十九はこのままでいいのだろうか。

仕方のないことを、ずっと考えていた。

◆この作品はフィクションです。
実在の人物、団体などには一切関係ありません。

双葉文庫
た-50-05
道後温泉《どうごおんせん》　湯築屋《ゆづきや》❺
神様《かみさま》のお宿《やど》は旅立《たびだ》ちの季節《きせつ》です
2020年5月17日　第1刷発行
【著者】
田井《たい》ノエル

【発行者】
島野浩二
【発行所】
株式会社双葉社
〒162-8540 東京都新宿区東五軒町3番28号
［電話］03-5261-4818（営業）　03-5261-4851（編集）
www.futabasha.co.jp（双葉社の書籍・コミックが買えます）
【印刷所】
中央精版印刷株式会社
【製本所】
中央精版印刷株式会社
【フォーマット・デザイン】
日下潤一

ISBN978-4-575-52360-7 C0193
Printed in Japan